错觉侦探团 1

★神秘月夜的宝石窃贼★

[日]藤江纯◎著

[日]吉竹伸介◎绘

李建云◎译

北京联合出版公司
Beijing United Publishing Co.,Ltd.

图书在版编目（CIP）数据

神秘月夜的宝石窃贼 ／（日）藤江纯著 ；（日）吉竹伸介绘 ；李建云译 . — 北京 ：北京联合出版公司，2022.2（2023.12 重印）

（错觉侦探团）

ISBN 978-7-5596-5751-0

Ⅰ . ①神… Ⅱ . ①藤… ②吉… ③李… Ⅲ . ①儿童小说－推理小说－日本－现代 Ⅳ . ① I313.84

中国版本图书馆 CIP 数据核字（2021）第 235162 号

SAKKAKU TANTEIDAN 1 AYAKASHI TSUKIYO NO HOSEKI DOROBO
©Jun Fujie 2015
©Shinsuke Yoshitake 2015
First published in Japan in 2015 by KADOKAWA CORPORATION, Tokyo.
Simplified Chinese translation rights arranged with KADOKAWA CORPORATION, Tokyo
through BARDON-CHINESE MEDIA AGENCY.
Simplified Chinese translation copyright © 2022 by Beijing Tianlue Books Co., Ltd.
All rights reserved.

神秘月夜的宝石窃贼

著　者：[日] 藤江纯
绘　者：[日] 吉竹伸介
译　者：李建云
出品人：赵红仕
选题策划：北京天略图书有限公司
责任编辑：夏应鹏
特约编辑：高　英
责任校对：石玲瑞　钱凯悦
美术编辑：刘晓红

北京联合出版公司出版
（北京市西城区德外大街 83 号楼 9 层　100088）
北京联合天畅文化传播公司发行
北京盛通印刷股份有限公司印刷　新华书店经销
字数 200 千字　　787 毫米 ×1092 毫米　1/32　16.25 印张
2022 年 2 月第 1 版　2023 年 12 月第 4 次印刷
ISBN 978-7-5596-5751-0
定价：69.00 元（全 3 册）

目录

1 神秘月夜注定要出事？ 　　　1

2 盛大的派对…… 　　　18

3 戒指不见了！ 　　　31

4 追捕相机拍到的贼！ 　　　44

5 妈妈与自行车 　　　56

6 错觉真好玩！ 　　　69

7 "月亮钻戒"与"太阳钻戒" 　　　91

8 窗帘飘动之谜 　　　108

9 错觉侦探团成立！ 　　　134

坂上翔

小学四年级学生，性格开朗、积极向上，平坂町小学四年级一班生活小组一小队的队长，艺人庭野桃的超级粉丝。生长在与父母组成的三口之家，但父亲目前独自一人去了外地工作。

山本柚佳

小翔的同学，一小队成员，在上镇上的空手道培训班。性格活泼，激动起来爱打人。父亲是夜母津警署的刑警。

佐佐木文太

一小队成员，最喜欢吃东西、玩电脑和手机，擅长搜集情报。

七尾叶月

一小队成员，性格乖巧，长发飘飘，在电视剧中饰演儿童角色，人气开始上升。

二谷博

整天穿着有点脏兮兮的白大褂，30岁，头发乱蓬蓬，胡子拉碴，戴着度数很高的黑框眼镜，似乎在搞什么研究。

蓬佐

二谷饲养的小狗，犬种为杰克罗素㹴，毛为白底褐纹，背上有奇特的斑纹。

草叶影彦

神秘的娱乐报道撰稿人，浅棕色长发在背后扎成一股，一天到晚戴墨镜、穿黑色皮夹克。

庭野桃

从偶像高中生转变为女演员，在电视剧《美少女假面桃》中首次担任主演，外表美丽又有演技，活跃于各个方面。正在放映的电视剧《年轻女老板是女巫？》的主演，在该节目中与叶月合演。

1 神秘月夜注定要出事？

坂上翔在想：如果把这家伙带回家，爸爸妈妈会怎么说？

所谓的"这家伙"，指的就是他此刻抱在怀里的小狗。

从补习班回家的路上，一只小狗不知怎么跑到了小翔跟前，它的体毛很短，白色的底色上有着褐色的斑纹，既没有套牵引绳，也不像有主人在附近的样子。

小狗欢快地"汪"了一声，就摇着尾巴在小翔脚边玩耍起来，一直不肯离开。于是小翔猛地蹲下身子伸出双手，几乎同时，小狗轻轻一跳跳到了他怀里，理所当然似的趴在了他的两只胳膊中间，接着从鼻腔里发出一声长哼，抬起头望着小翔，那深棕色的眼珠早已经让小翔打从心底里投降了。

可以的话，真想就这样带它回家……可是……

"嘿，这小狗是杰克罗素㹴，它好像挺喜欢你的。干脆带回你家养得了。啊，不过它戴着项圈呢，是迷路了吧。"穿着牛仔裤、双手叉腰、说话嘎嘣脆的，是山本柚佳，小翔的同学。

"啊——嗯……"

小翔点点头，随即顿时变得垂头丧气。没错，他没有理由带这家伙回家，不管它是迷路还是怎么了，都不可能，因为他爸爸妈妈全都特别讨厌狗。

"咦？项圈上有字！我看看……写着'平坂町三丁目'。"

伸出手指把银丝边眼镜的眼镜腿往上推了推、正在仔细瞧着红色皮项圈背面的，是佐佐木文太。

"三丁目的话，是神社所在的地方，对吧？"

拢了拢长发，又点了点头的是七尾叶月。

他们俩也和柚佳一样，是小翔的同班同学，平坂町小学四年级一班一小队成员；小翔是他们的小队长。

"还有，这里写着'蓬佐'呢！"

文太仰起圆圆的脸蛋这么一说，引得小翔他们异口同声地反问："蓬佐？"

"汪！"

小狗大叫一声，时机刚刚好，简直像在回应他们的呼唤。

没错！这肯定就是这家伙的名字！小翔重新抱起小狗，扫视了一圈小伙伴们的脸蛋，说道："虽然'蓬佐'这两个字听起来总觉得怪怪的，不过好像就是这只狗的名字呢。"

"是呀。"叶月拿她那圆溜溜的大眼睛注视着小狗蓬佐说，"小蓬佐，我们一起回家吧！"

渐渐地，夜幕开始降临，四下里也变得昏暗了。

小翔他们快步走上弯弯曲曲又狭窄的上坡路，穿过住宅区，一路来到了建在平坂町三丁目高岗上的夜母津神社前面。

"我问你，坂上，到这里来没问题，可是接下来怎么办？我们连主人的名字和具体的门牌号都不知道，对吧？"柚佳向小翔发起追问。

"是啊。我想，向神官权田爷爷打听一下，可能就知道了。"

小翔不假思索地回答道，另外三个人听了却大声惊呼，作势向后倒。

小翔口中的这位权田爷爷，是夜母津神社的神官，非常熟悉平坂町的历史和地理，经常来小翔他们学校，一来就给同学们讲述本地流传的传说和历史故事。

小翔猜测权田爷爷和附近的居民关系应该也比较亲密，所以一开始就决定向他打听小狗的主人是哪位。不过他也不是不明白另外三个人"仰天长叹"的原因。

唉，用一句话来概括，权田爷爷就是一位可怕到极点的老爷爷。只要他从走廊经过，正在走动的同学们就不得不把后背挺得笔直，同时绷紧神经。

就在另外三个人脸色发白，一步、两步往后退的当口，一句高声断喝飞下神社的石阶："站住！"

没错，正是权田爷爷。只见他一身蓝色作务衣，从石阶上直跑下来，花白的眉毛倒竖着，眼睛瞪得大大的。

"你们，几年级几班的？这个点了还在外面游荡！以为现在是几点钟！"

"啊，我看看……"文太把视线落到手里拿着的智能手机上，含糊不清地小声回答说，"现在是吧，现在是六点二十三分。"

权田爷爷当然并不是真的想要小翔他们回答"现在几点几分"。小翔和柚佳、叶月她们两个偷偷交换了一下眼神："这下完了！""情况不妙啊！"可是眼下也只能随机应变了。

只见权田爷爷把眼睛瞪得更大了，猛地朝文太伸出手来。

"小孩子居然有这种东西！"

不到一眨眼的工夫，智能手机就被夺走了。文太慌了，绕着权田爷爷转起了圈圈。

"请您还给我！"

"这个，没收。对了，交给学校老师保管吧！"

"啊！怎么能这样……"

文太可能已经不知道怎么办才好了，张大了嘴巴，一副目瞪口呆的样子。

没办法，作为四年级一班一小队的队长，看来挺身相救是义不容辞了。就在小翔深吸一口气，往前迈出一步的时候，文太冷不防地发出怪叫：

"啊、啊、啊——"

"什么事？怎么啦？"

叫声实在怪异得很，大概连权田爷爷也被吓得够呛，他不无担忧地打量起文太的脸来。

"那、那个，快看……"

大家齐刷刷回过头，顺着文太颤抖的手指所指的方向看去——

视线的前方竟然是月亮！

你大概会想：月亮有什么好大惊小怪的？告诉你，那可不是一般的月亮。那是一轮大得惊人的月亮。

白色的月亮就那样突兀地从地平线附近探出头来，溜溜圆，大得吓人。山坡下小镇上的细长形高楼和高大的杉树更是化作黑色的剪影，叠压在月亮上面。

这幅不可思议的景象可是从来也没见过的。

"……"

小翔、柚佳、叶月也都看得呆了，发不出声音来。就在这时，权田爷爷从鼻子里哼了一声，含糊不清地说道：

"这个吧，是有坏事要发生的预兆。"

"什么？"文太吓得一哆嗦，反问道。

"出现这样的大月亮的夜里吧，一定会有不好的事情发生。没错，那是三十年前的事了……"权田爷爷闭起眼睛，开始讲了起来，"那天也是跟今天一样的神秘月夜。夜深人静的时候，一个年轻姑娘正在往家赶，就听到咚咚咚急促的脚步声跟着她。当她猛地停住脚步……"

"停住以后呢？"

就在小翔他们咕嘟咽了一口唾沫的时候，"哈哈哈……"一阵爽朗的笑声就在他们近旁响起。

"权田叔，吓唬孩子们可不行哦！"

这样说着，悠闲自在地朝小翔他们靠近的，是一个穿着白大褂的高个子男人。

和小翔的爸爸相比，这个人感觉上要年轻得多。大约三十岁吧。头发乱蓬蓬，胡子拉碴，相当扎眼。白大褂也脏兮兮的，也许叫它"灰大褂"更贴切。不过，镜框粗粗的黑框眼镜后面的那双眼睛，正在和善地微笑着。

"汪！"

这个男人一出现，小狗蓬佐就叫了一声，并离开小翔的怀抱跳到了地上，眨眼间已经轻轻跳入了白大褂男人的怀里。

"呀，蓬佐！"男人露出大大的笑容，使劲抚摸着小狗的脑袋，"害我好一阵担心啊！你去哪儿了？"

看样子这个人就是蓬佐的主人。

"谁叫主人邋里邋遢呢。小狗不跑才怪哩！"说出这两句讨人嫌的话的是权田爷爷。

"哎呀，不好意思……这么说，是你们帮我把蓬佐带回来的？"白大褂男人说着，向小翔他们深深一鞠躬，表达了谢意，"这家伙怕生得很。尤其是不认识的成年人，绝对不肯靠近。不过看来非常喜欢你们哦！你们当真帮了我大忙了，谢谢你们！"

"好啦好啦！"权田爷爷挥起双手要赶小翔他们走，"不是没事了嘛，快回家去吧！"

"啊？刚才那个故事里的姑娘后来怎么样了？还有，我的手机……"

文太说着说着带上了哭腔，权田爷爷却只顾加大手上动作的幅度。

"故事下回接着说。总之，也是像这样的神

秘月夜。就在刚才，一个戴墨镜的长头发男人在这儿转来转去。我在这一带没见过他，正要打招呼，他慌里慌张地就跑了……好啦，趁坏事还没发生，赶紧回家去！"

"啊——权田叔，"白大褂男人清清嗓子说道，"月亮看起来很大，跟吉不吉利什么的一点关系也没有。就只是眼睛的错觉。那边那个看起来很大的月亮，跟平常的月亮大小是一样的。"

"啊？这怎么可能呢？"这回顶撞他的是柚佳。

真是这样。正如柚佳所说，月亮大得那么明显，不应该是什么错觉或者说看错了。

小翔于是也指着月亮说："因为，平时看到的月亮感觉只有网球大小，但是那个有沙滩球那么大哦！"

"是啊！"白大褂男人一边挠头，一边长腿一弯，下蹲到让自己的脸跟小翔的眼睛齐高的位置。"人类的眼睛吧，非常不可思议哦！平时看到的并不一定就是它本来的样子。你以为是弯曲的，其实是笔直的，这种情况也有。大小也是一样……"

就在他用那浑厚的嗓音开始解释的时候，一辆红色皮卡嘎嘎响着停在了小翔他们身旁。

啪的一声，车门打开，下来的是叶月的妈妈。她身穿长裤套装，长发利落地紧紧绑在头上。

"哎呀！还以为不知道上哪儿去了，都开GPS 找人了。担心死我了。不是说好了吗，今天从补习班回来就马上通读剧本！"

"……是这样吗？"

叶月耸耸肩，飞快地吐了一下舌头。

叶月妈妈轻轻叹了口气，修长的身体前倾，向权田爷爷鞠了一躬。

"对不起，权田大叔！这几个孩子有没有给您添什么麻烦？"

"啊，没有。瞧您说的……"权田爷爷不知为什么脸颊微微泛红，边嘟囔边咯吱咯吱直挠着长满白发的头。

"那个——"文太战战兢兢地把手伸到权田爷爷面前，"我的手机……"

"喔喔，抱歉，抱歉。回家吧，路上当心点。"

权田爷爷跟刚才判若两人，他和蔼可亲、格

外痛快地把手机还给了文太。也许他是希望给叶月妈妈留一个好印象？

"来吧，坂上，你们也一块儿上车，我送你们回去。"

确实已经到了必须回家的时间了。可是还想再多听听刚才那个有关月亮的细节，而且还想再见到蓬佐！

小翔吸了口气，直勾勾地盯着蓬佐主人的脸问道："那个，刚才有关月亮的话题，下回能不能详细地讲给我们听呢？"

"啊，我也要听！"文太说着举起了手。叶月和柚佳也都不住地点头。

"好啊，没问题。你们一起来，随时欢迎。我家就在那儿。"

他说着大手一指，指向建在神社隔壁的一栋房子。只见那栋房子大门修得很气派，白色的陶质门牌上写着"二谷"。

原来是二谷叔叔。好嘞，近期一定登门拜访！

心里打定主意后，小翔跟着叶月他们一起上了车，透过后座的车窗向越走越远的蓬佐和它的主人二谷叔叔挥手告别。

汽车开动后，叶月立刻长长地叹了口气，撒娇道：

"喂，妈妈，回家吃过饭以后，我想今天就先睡了。"

"这样可不行吧！明天就开拍了，在这之前不把剧本背熟怎么行？"驾驶座上的叶月妈妈微微一耸肩，斩钉截铁地说道。

叶月是儿童演员，时不时在电视剧里跑个小龙套什么的。最近由于出演了一部高收视率的电视连续剧，人气急剧上升，并且开始频频出现在广告里。

在电视上，叶月时而摆一张扑克脸，时而早熟懂事；偶尔甚至大呼小叫，又哭又闹。在学校里的时候，她明明就是一个普通的乖乖女……

每次看见屏幕上的叶月，小翔就觉得匪夷所思。

见叶月低着头显得很不高兴，兼做经纪人的叶月妈妈换成快活的声音开始了哄劝：

"听我说，明天录完影之后，要在饭店开派对哦！你可以穿上回买的粉红裙子去参加。还有啊，听说 JOY 的成员也会来。"

"真的？中野、贝谷也会来吗？"

"是呀，说是全体出席……"

"太棒啦！"柚佳双手抱胸，一脸陶醉的表情。

"你是不是傻——"小翔戳了戳柚佳的膝盖说，"这事儿跟你没关系，对不？"

"这个我当然知道！"柚佳边说边砰砰砰地锤打小翔的大腿。

叶月这时候又问妈妈："另外还有谁会来呢？"

"你出演的电视剧的演员好像基本上都会出席。"

"这么说，川村修司和庭野桃也会来！"

"庭野桃"这个名字一出现，这回轮到小翔立时挺直了后背，因为他是庭野桃的粉丝。

啊，假如能见到庭野桃！

光是这样一想，小翔的身体就仿佛飞舞着飘向天空去了。

也许是察觉了小翔和柚佳的这种高涨的情绪，叶月妈妈微微笑着说道："可以的话，坂上，你们也一起去？"

"可以吗？"

小翔和柚佳从座位上探出大半个身子来。

"可以的，主要活动是为孩子举办的慈善拍卖会。"

"拍卖会？"

小翔和柚佳歪着脑袋反问了一句，叶月妈妈对他们解释道：

"在拍卖会上吧，会进行美术品、古董之类的买和卖。不过跟在一般的商店买东西不一样，商品的价格事先是不确定的，由想买这件物品的人自己来决定购买的价格。还有，如果有好几个人希望购买同一件物品，就会通过竞价的方式，最后卖给出价最高的那个人。"

"这样啊！"

"因为这回的派对是慈善性质的，所以拍卖所得的钱款将会捐赠给学校、儿童机构之类的地方。所以请柬上也写了，说热烈欢迎带孩子出席。你们是叶月的小伙伴，没问题，肯定让进。"

"太好啦！"

小翔和柚佳轻轻蹦起来，啪地一击掌。

"请问——"一直闷声不响在玩手机的文太，

这时稍稍举起右手，支支吾吾地问道，"在哪家饭店举办呀？有东西吃吗？"

"在隔壁镇上的夜母津饭店哦！我想应该是立食自助餐。"

"夜母津饭店！多想吃一回那里的自助餐啊！"

文太这个吃货，早已经垂涎欲滴了。

"好——吧！"叶月使劲地、重重地点了点头，"明天的派对可以和大家一起去了，对吧？这样的话，我今天就加把劲，努力背台词！"

2 盛大的派对……

坂上翔的心扑通扑通直跳。

也难怪，因为此刻站在他面前的是那位女演员庭野桃!

小翔、柚佳、文太、叶月，他们四个跟着叶月妈妈来到了夜母津饭店的派对会场。

会场的面积估计都有小翔他们小学的体育馆那么大。铺着白色桌布的大圆桌有二三十张。设在墙边的烹饪区站着好几位厨师，日料、西餐、中餐和甜品畅吃管够。装饰着许多鲜花的中央演讲台上方则悬挂着一条横幅，上面写着"第七届未来之星儿童慈善拍卖会／主办方：夜母津饭店"。

在到场的人们享受食物的间隙，拍卖会也在顺利地进行，各种各样的物品被展出、被竞拍，有古董陶器、画作、茶具、完全认不出写的是什么的书法作品、知名歌手的舞台服装……分别标上了相当高的金额，拍到手的人显得心满意足，竞拍失败的人尽管显得有些遗憾，却也都是单手举杯，一团和气地有说有笑，对着满桌的美味佳肴直咂巴嘴。

会场上稀稀拉拉地也有几张经常能在电视上见到的面孔，有明星、歌手、演员、政治家、搞笑艺人等等。

穿着粉红色裙子的叶月不愧是当红童星，一进会场，很快就和她妈妈一起穿行在各桌之间，笑容可掬地跟人寒暄。

柚佳索要了一圈签名后，轻快地蹦跳着回到了小翔所在的桌旁。估计她来之前也是打扮了一番的，没像平时那样穿牛仔裤，竟然穿了一条蓝色连衣裙。小翔总觉得这个好像不是柚佳，而是别人。

文太戴了有方格花纹的领结，正在专心致志、一声不吭地把盘中美食送往嘴里。

至于小翔，穿着和平时一样的衣服，即灰色连帽卫衣加卡其色宽松休闲裤。临出门的时候，妈妈并没有提醒他注意穿着打扮。她面对着电脑，头也没回，就只摆了摆右手，说了句"路上小心"。

小翔的妈妈是室内装潢设计师。她从昨天起就在熬夜加班，说是必须赶紧整理好需要提交给客户的资料，十万火急；他爸爸又独自一人去了大阪工作，所以小翔虽然很想把月亮和小狗蓬佐的事情详细地讲给他们俩听，也只好放弃了。

告诉妈妈今天要参加派对时，她也只是说："太好了，那么，晚饭不用做了吧！"好像松了一口气的感觉。

算了，外表什么的，无所谓啦！

这样想着，小翔呆呆地拿眼睛追踪着庭野桃，望着她宛如翩翩起舞一般行走在会场中。

假如家里着火，只能带走一样东西，小翔恐

怕会毫不犹豫地选择庭野桃首次主演的电视剧《美少女假面桃》的 DVD 吧。对于小翔来说，庭野桃就是女神一样的存在。

而这位庭野桃本尊不知什么时候竟站到了小翔身旁，而且此刻正在跟他说话！

白皙的肌肤仿佛透明的一般，乌黑的秀发散发着动人的光泽——然而映现在她熠熠生辉的眼眸里的，则是小翔傻呵呵地张着嘴巴的脸。

小翔眼看就要后背长出翅膀，飞升上天了。

轻轻柔柔的女中音听来也特别美妙。只是由于实在太紧张，他完全没听明白她所说的内容。

"喂，坂上！你在神游什么呀？桃姐姐在问你话呢！好好回答！"

"……啊，嗯。呃——那个，你问什么来着？"

庭野桃呵呵笑着又问了小翔一遍。她笑起来真可爱。

"咳，我在想，叶月她在学校里给人什么样的感觉呢？"

"这个嘛，怎么说呢……"

小翔还在搜索词句，柚佳忍不住插嘴了："叶月吧，她很善良的。前几天，就是他，"她指着身边正在大嚼特嚼烤牛肉的文太说，"忘记把打印的作业及时发给大家了，规定交作业的那天早上才发。上课前十五分钟，叶月唰唰唰做好了题目，让我们抄答案。"

"原来是这样。叶月好聪明呀！"

当时，叶月解答了一半作业，剩下的是小翔解答的。正当感到拘谨的小翔想要补充这一点的时候，一个戴墨镜的男人从一旁过来搭话了。

"欸！没想到七尾叶月在大人看不到的地方，还有这么狡猾的合谋行为呢！"

听他话中带刺，庭野桃左眉一挑，瞪了他一眼："你怎么能这样说呢，草叶先生！"

被叫作"草叶"的高个子男人耸耸罩在黑色皮夹克下的肩膀，微微一笑，说道："瞒着老师让同学抄作业，这种坏事可是好题材！能成为相当不错的独家新闻哪！文章的标题就写……有了！可以写'优等生童星七尾叶月背后的面孔'。"

"够了！开玩笑也要讲究个度！"

庭野桃当真生气了。至于柚佳，也许是气愤过了头，一句话也说不出来，小脸憋得通红，双手紧紧地攥成了拳头。

这个男人到底是什么来路？小翔上前，硬腔硬调地告诉他：

"叶月没有什么背后的面孔！"

"嚯！"那男人直勾勾地盯着小翔的脸看，小翔也毫不畏惧地紧紧瞪着他。

这男人的五官很立体，留一头染成浅棕色的长发，束在脑后。虽然隔着墨镜看不清眉眼，不过应该可以说是一个大帅哥。

"你是七尾叶月的男朋友？"

"不是。我是她同学坂上翔。你是谁？"

"哎呀，失敬。"

他说着当着小翔的面，把长长的手指一舞，从空无一物的地方夹出一张名片，简直就是个魔术师。

小翔还没回过神来，名片已经递到了他手里。只见名片上写着"自由撰稿人　草叶影彦"。恐怕他就是写一些捕风捉影的演艺圈八卦的三流写手，肯定的。

"这么说，你们是叶月的吹捧者咯？"

"……什么意思？"

"我是说，她在学校里有没有像个女王那样耀武扬威呢？"

"啊？"

"或者说，她遭到女生们欺凌之类的？"

这种事亏他想得出来！面对这种实在乱七八糟的胡编乱造，小翔惊讶得说不出话来，柚佳却已经啪地打了一下这男人的胳膊。

"你还有完没完了！"

就在柚佳紧接着猫低身子，打算请这男人的腹部吃一记头槌的时候，会场的照明倏地暗下来，中央的演讲台哗地亮了。

手握话筒站在台上的是夜母津饭店的经理，他稍微有些发福，花白的头发梳成三七分，一丝不乱。

"哎——各位到场的嘉宾，宴会方酣，今日拍卖会的压轴拍品即将出场，敬请关注！"

人声鼎沸的会场霎时间安静下来，人们纷纷

把目光投向演讲台，小翔和柚佳的注意力也被吸引了过去。就在这短短的间隙，草叶不见了。

"那家伙去哪儿了？"

小翔环顾四周，这才发现草叶站在跟他大约相隔两米的一张桌子前面，手上正装模作样地端着一杯红酒。

叶月和她妈妈回到了小翔他们这桌，柚佳握住叶月的手，小声对她说："叶月，我们会保护你的。"

叶月不明白她的意思，侧着脑袋，一脸的茫然。

演讲台上，经理还在致辞：

"今天承蒙各位购买诸多物品，谨此由衷地表示感谢。拍卖会上展示的每一件物品，均为在下本人亲眼鉴定，亲自从世界各地收集来的最高档的、品质上佳的物件。另外，拍卖所得款项，我们将捐赠给面向孩子的机构、学校等地方。本拍卖会到今年也已经是第七届了。下面请允许本人来介绍一下捐款迄今为止的去向。请看这边！"

他说着给出一个信号，音乐和解说随即响起，挂在演讲台后面的屏幕上开始播放五花八门的影像，有给小学吹奏乐团送去乐器的，也有给儿童机构分发圣诞节礼物的，孩子们则始终展露着开心的笑脸。

原来是这样。如果慈善拍卖会的销售所得是用在这些地方，那就应该更加频繁地举办。

主办方夜母津饭店的经理这个人，尽管乍看是一个其貌不扬的大叔，不过肯定也是好人。小翔眼睛望着屏幕，内心感到由衷的敬佩。

影像播放完毕，经理再次拿起了话筒：

"下面是最后两件拍品。它们也是身为本饭店经理的在下花费不少时间搜寻所得的珍品。诸位请看，它们便是由顶级工匠亲手切割而成的一对钻石戒指！"

一名服务生端着盖有白布的托盘走上来，经理缓缓地掀开白布的同时，一大一小两只首饰盒便出现在了屏幕上。盒子非常漂亮，以黑色为底色，上面装饰着金色的刺绣图案。

屏幕上，两只盒子慢慢打开，铺着天鹅绒的盒子里面放着的，便是闪闪发光的钻石戒指了。

"大盒里的戒指称为'月亮钻戒'，古钱币

作为装饰围绕在盒子的四周，愈发凸显中央这枚天然钻石的光芒。另外，小盒里的是'太阳钻戒'。同样地，它的盒子上也搭配了古钱币。想必诸位也都看明白了，'太阳钻戒'的天然钻石所用的是比'月亮钻戒'的要大出许多的钻石。如此璀璨绝伦的钻石，可是无法轻易获得的。"

确实，相比之下，"太阳钻戒"的钻石显得相当大。小翔是完全不明白它哪里璀璨绝伦，叶月妈妈、叶月和柚佳她们三个却已经两眼放光，看得无比陶醉。

"鉴于它们是特别拍品，请允许本人采用投标的方式。有意购买的客人，需要预先出价，其中出价最高的那位，即可购得戒指……那么，我要公布了。首先，'月亮钻戒'的中标者是……"

细密的鼓点响起，聚光灯啪地照亮了会场的某个地方。浮现在亮光中的，是庭野桃。

"'月亮钻戒'的中标者是女演员庭野桃小姐！"

庭野桃优雅地向众人鞠了一躬，见经理朝自己招手，便走向了演讲台。

"接下来，'太阳钻戒'花落……"

鼓点再次响起，聚光灯这回照亮的是著名女演员桥川安惠。她在叶月也出演的电视连续剧《年轻老板娘是女巫？》中扮演上一代老板娘，明面上、暗地里都在支持着庭野桃所扮演的年轻老板娘。

桥川身穿印有大菊花图案的和服，这时她不失威严地微微一笑，一边向周围人点头致意，一边过去站在了庭野桃身旁。

"恭喜庭野小姐、桥川女士！诸位，'月亮钻戒'的中标价格为一百万日元，'太阳钻戒'的中标价格竟然高达一千万日元！"

会场内人们先是惊叹连连，接着便送上了雷鸣般的掌声。

首饰盒被分别递到了庭野桃和桥川安惠的手上，二人在掌声中来到了小翔他们这边。

"桃姐姐，太棒啦！"

叶月和柚佳像两只兔子似的围着庭野桃欢蹦乱跳。

"我的戒指是很漂亮，不过桥川女士买下的钻石的确更加迷人。那可不是一般地大呀！"

看着她们羡慕的神情，桥川安惠嘴角扯出一

丝笑意，说道："咳，就小桃的年纪来说，这个价位的、小巧玲珑的珠宝才最配你呢！"

欸？这不是明摆着冷嘲热讽吗？就在小翔准备狠狠地瞪桥川一眼的时候，只听"啪"的一声巨响，会场冷不防陷入了一片漆黑之中。

3 戒指不见了！

坂上翔在黑暗中直眨眼。

究竟发生了什么事？

就只剩门口上方昏暗的"安全出口"指示灯还亮着，人们甚至连自己眼前有什么都看不清楚。伸手不见五指的会场内响起了嘈杂而慌乱的声音。

"叶月、柚佳、文太！你们没事吧？"

小翔朝小伙伴们原先所在的方向出声招呼道，立刻就有了回音。

"我们没事！"叶月说。

"这是停电？"柚佳问。

"啊——等等。"文太窸窸窣窣地摸索着什么，不一会儿，他的脸隐隐约约地浮现在一抹白光中。他打开了他的智能手机！

接着，叶月妈妈和周围的人们相继掏出普通手机或智能手机，开始用手机屏幕发出的光照亮自己身边。

"你们都没事吧？"叶月妈妈有些担心地打量着小翔他们的脸。

"怎么回事呀？"庭野桃跟桥川搭话说。

桥川毫不客气地指责饭店，声音里透着焦虑："太过分了！在派对上搞这种把戏，简直难以想象！"

话音刚落，会场内哗地灯火通明，恢复了照明。

"哎——诸位，非常抱歉！"演讲台上的经理急得团团转，不住地擦着额头的汗。"是我们的工作出现了失误，实在抱歉……"说着深深一鞠躬。

就在这时，小翔身旁有人尖声惊叫起来：

"没了！没有了！"

喊叫的人是桥川安惠。只见桥川挥舞着和服

的袖子，惊慌失措地往桌子底下四处张望。

"怎、怎么啦？"小翔感到奇怪，就问她。

桥川眼角上吊，应道："戒指啊！戒指没啦！"

不得了！一千万日元的戒指不见了？

以叶月、柚佳和文太为首的周围人齐刷刷开始帮忙在桌上、地板上寻找。

"啊！"这回喊出声的是庭野桃，"我的戒指也没了！"

"什么！桃姐姐的也……"小翔说着跑到庭野桃身边。

"我确确实实是把装戒指的盒子放在这张桌子上的呀。对了，桥川女士的刚才也放在这里。记得明明是把我那只大盒子摆在桥川女士的小首饰盒旁边了的……"

"喂，经理！快过来！"

桥川抬高嗓门一喊，经理马上连滚带爬地从演讲台上下来了。

"请问您有什么事？"

"有贼！戒指被偷了！现场所有人，一个都不要放走。在戒指找回来之前，谁也不准回家。"

桥川声色俱厉地说。电视上的她是一副心胸宽广的勇敢妈妈模样，没想到现实中的真人大大不同。不过还好，桃姐姐和在电视上看到的一样，漂亮又温柔。这个偏离重点的发现让小翔松了口气，不经意间一抬眼，却看见那个讨厌的写手草叶正在朝这边走过来。

小翔和柚佳立刻学保镖的样子挡在叶月身前。

"呀——桥川女士，乐极生悲啊！"

"草叶先生！你要是敢把这件事写成奇谈怪论，我可饶不了你！"

"哈哈，怎么可能。瞧，您在找的物件可是它？"

草叶当着桥川的面慢慢地张开了手掌。他手心里托着的正是闪闪发光的钻石戒指！

"……这个，你哪儿找的？"

"就躺在那边桌子底下呢！"

桥川不由自主地接过了戒指，满脸将信将疑的神情。

"啊，还有这个，也掉在那儿。"

草叶说着，再次当着大家的面张开手掌，又展示了一枚钻石戒指。

　　"啊，这个可能是我的。"庭野桃说着伸出手去。

　　桥川见状，厉声喝止了她："喂，等等！镶大钻石的是我的！"

　　接着她推开庭野桃，把两枚钻石戒指摆到了桌上。

　　镶小钻石的"月亮钻戒"是庭野桃的，镶大钻石的"太阳钻戒"是桥川安惠的。

然而……

放在桌上的两颗钻石，不知为什么，竟然大小相同！

刚才在屏幕上播放的时候，明明看见"太阳钻戒"的钻石要比"月亮钻戒"的钻石大上两圈左右……

小翔和周围的人们正感到疑惑不解，桥川已经把两枚戒指拿在手里不错眼珠地仔细观察了起来。

"奇怪了！两边的钻石大小居然一样！"桥川说着突然转向庭野桃，责怪道，"庭野小姐，你刚才一直在极力赞美我的钻石，对吧？你羡慕得要死，就下手偷了，没错吧？"

"……怎么会……您误会了。"

"原来如此。"草叶得意洋洋地点点头说，"原来是利用停电的混乱场面，偷走'太阳钻戒'，然后把事先准备好的别的小钻石戒指扔在那边。"

"没错，就是这样！赶紧的，现在、马上，把我的戒指还给我！"

"……"

庭野桃眼看就要哭出来了。

根本就是栽赃陷害！桃姐姐怎么可能偷东西嘛！

"请等一下！我看你们压根儿就没有什么证据能证明是桃姐姐偷的吧！"小翔挺身而出帮庭野桃说话，"首先，你们不觉得很可疑吗？戒指本来是装在首饰盒里的，怎么可能自己跑出来掉在地上？说不定，贼是趁停电的时候连两只盒子一起偷走了呢。然后为了掩人耳目，把假的钻石戒指扔出来。这也是有可能的，不是吗？"

小翔一边嘴上说着，一边在心里自鸣得意：尽管是情急之下想到的，这个说法却也相当符合逻辑。

但是，桥川却只顾越发声嘶力竭地大喊大叫：

"小孩子闭嘴！来人哪！快报警！"

这时，柚佳悄悄扯了扯小翔的衣袖，对他说："喂，那个家伙很可疑。"

柚佳手指的是草叶的方向。只见在位于会场一角的出口处，有一个背影正在悄然离去……

在这个当口逃离现场，着实可疑。

丢失的钻戒是草叶找到的。

假设草叶偷了首饰盒，然后假装找到戒指，

把假货交给了桥川，这也是有可能的！

虽然有些担心桃姐姐，但眼下第一要务是追赶那家伙。

小翔和柚佳相互点点头，悄悄溜出了会场。

会场外是一条长长的走廊，铺着软乎乎的地毯，左看右看都不见一个人影。

派对会场在饭店的一楼，假设要从这里逃到外面，最快捷的路线应该是从位于右手边的正门出去。但是说不定左边有一扇后门，从那里能够人不知鬼不觉地逃脱。

"好，咱们兵分两路。柚佳，你上左边找，我去大门口看看。"

"明白！"

柚佳潇洒地把右手在额头上一举一放，裙裾翻飞中跑开了。

也许是由会场的骚乱引起的，正门前面的大堂也是空空荡荡的不见人影，只有一个穿制服的大姐姐站在前台一边低头记着笔记，一边慌慌张张地讲着电话。

看这情形，即使大摇大摆地从正门出去，估计也不会被任何人察觉。

小翔不禁咂了咂舌，这时却听见背后传来轻微的一声"咔嗒"。没错，正是关门的声音。

回头一看，才发现前台柜台旁边的墙上有三扇并排的门。

一定是有人打开其中的一扇门进去了。

不知道进去的是谁，只有依次打开看看……

"小朋友，你在干吗？"前台大姐姐发现了小翔，叫住了他，"你爸爸妈妈呢？应该在会场里面吧？"

"……啊，这个……"

小翔不知怎样回答才好，大姐姐见状长长地叹了一口气，按着太阳穴说："现在里面陷入了恐慌了吧。总之赶快回到家长身边去。"

前台的电话铃响了，大姐姐瞪大眼睛批评似的使劲盯了小翔一眼，拿起了话筒。

"您好，夜母津饭店……嗯，好的。"

大姐姐开始边记笔记边专注于接电话。

看样子，如果被看到还在这里转来转去，被

轰出去也不奇怪。

于是，小翔先装出要回会场的样子给她看，然后猫低身子从前台前面横穿过去，站在了刚才那第一扇门旁边。接着，他小心翼翼地轻轻转动门把手，就怕被大姐姐发觉。

里面堆放着杂物，一张榻榻米①大小，就只摆放了拖把和水桶之类的东西。

第二扇门……锁上了。

三次为定！

第三扇门顺利地打开了，房间里甚至还亮着灯。

小翔蹲下来，把门打开到自己的身体能够通过的程度，潜入了里面。

房间狭长，有一定的进深，摆放着大约二十张办公桌，还有电脑和文件柜。好像是饭店的办公室。

看样子不像有人，也不见草叶的身影。

小翔失望地站起身，这时，一样奇怪的东西跃入了他的眼帘。

办公室最靠里的那扇窗户上挂着的窗帘在飘动。

---

① 一张榻榻米大小约合 1.62 平方米。——译者注

灰色的细格子，格子之间分别嵌入黑色和白色的小点——窗帘上的图案倒是格外花哨。

不清楚是不是饭店经理的品味，但既然窗帘在动，就说明窗户被人打开了。

窗台与小翔的头顶差不多等高。与其跑到里面爬上窗台，再从那里跳到外面去追，绝对不如绕到大门直接出去来得快。

做出判断的一刹那，小翔奔出了办公室。

"小朋友，你要去哪里？"

小翔没理会背后响起的大姐姐的声音，径直穿过正门，右拐后沿饭店外墙向办公室窗户所在的方向跑去。

当他在办公室窗户下面站定时，肩膀被人从后面牢牢地抓住了。

完了！被抓住了！

抓住我肩膀的是草叶吗？还是……

4 追捕相机拍到的贼!

坂上翔失望透顶。

大人自然不可能有耐心听小孩子讲话,这一点,他心里清楚得很……

在饭店外面抓住小翔肩膀的并不是草叶。这个人小翔认识,是山本柚佳的爸爸。

"这不是坂上吗?你在这种地方干什么呢?"

饭店周围不知什么时候聚集了好儿辆警灯闪烁的巡逻车。柚佳的爸爸山本大叔是夜母津警署的刑警，恐怕是待在饭店里面的某个人报告了警方，警官们这才急忙赶来的。

警笛声响彻四周，周围相当混乱。警官们在正门拉起了印有"闲人免进"字样的黄色警戒线，利落地忙碌着。

无论如何必须快点去追草叶……于是小翔对山本警官说：

"山本大叔，不得了！那个贼……"

"贼？你说的是偷珠宝的家伙吗？"

"对。是一个姓草叶的自由撰稿人。就在刚才，他从那边那扇开着的窗户逃跑了……"

小翔说着指向刚才那扇挂着飘动的窗帘的高窗。可，但是……

从外面看，窗户关得好好的！

刚才窗帘确实在随风摇曳，所以窗户明明应该是开着的……

"你亲眼看到贼从那里逃跑的？"山本警官掸了掸风衣的下摆，睁大了眼睛问小翔道。

"没有。不过他从饭店的派对会场走出去的时候，我看得清清楚楚。"

"唔，"山本警官伸出大手摸了摸黝黑的脸庞，把手搭在了小翔的肩膀上，"我们只是接到报案，说夜母津饭店有珠宝被盗，具体情况还一无所知。总之先回会场。"

"可是……"

"我刚刚已经下达指示，从附近调集了大约十名警力，就算有可疑分子从这里逃跑，应该也能立马抓获。"

小翔跟随山本警官一返回会场，就听柚佳大声喊道："爸爸！"

"哦，柚佳，你没事吧？"

"我没事。只是……"

柚佳抬起下巴指向双眼红肿的庭野桃。

她被人冤枉，恐怕流了不少委屈的泪水。

叶月妈妈和叶月一左一右陪伴着庭野桃，时而抚摸她柔弱的肩膀，时而和她聊几句，善解人意地安慰着她。

至于文太，他依旧还在大嚼特嚼着满嘴的食物。

小翔一脸诧异地对文太说："你真行，这种

时候还吃得下去。"

"喂，那家伙呢？"柚佳问小翔。

"……让他给跑了。"

"好吧。我追的方向没有出口，没发现任何人。"

"哎哎，你们俩干吗呢！"听到两人的对话，山本警官严肃地警告了他们，"抓贼这种事还轮不到小孩子。万一有个闪失怎么办？！"

"可是……"

"没什么可是不可是的！乖乖待在这儿！"

山本警官撂下话，便嗵嗵嗵地大踏步朝正被桥川安惠絮絮叨叨训个没完的经理那边走去。

"经理，首先，拉一张全体到场者的名单出来。再有，请在中央出入口摆两三张桌子。"

对经理交代完，山本警官拿起话筒登上演讲台，对着会场内喧闹的人群说道：

"各位，想必大家已经清楚这里刚才发生了盗窃事件。我本来想请各位在搜查结束前不要离开会场，不过那样也行不通。接下来，警官将检查各位的随身物品，检查完毕再请回家。身体不舒服者、年长者优先。敬请各位切莫慌乱。另外，关于本事件，如果有哪位发现可疑或异常的情况，请来我这里备案。"

话音刚落，桥川便立刻跑到山本警官处激动地诉说起来，并且时不时地指一指庭野桃所在的方向。看样子她对"庭野桃盗窃说"深信不疑。山本警官一边"嗯嗯嗯"地频频点头，一边把桥川的话记在本子上。

明明最可疑的就是草叶……

小翔急得不行，柚佳却摸着肚子说："啊，肚子好像饿了！"尽管小翔压根儿不愿听，闷闷的咕咕声还是传到了他耳朵里。

说起来，自从来到这里以后，自己的注意力一直在庭野桃身上，几乎没吃什么东西。

小翔的肚子也大声叫起来，跟柚佳的不相上下。

于是他们俩拿起桌上剩余的美食默默吃起来。

文太大概很高兴有人跟他做伴，笑眯眯地给他俩看手机里的图片。

"嘿，这个很好吃哦！小翔你吃过吗？"

"这是什么呀？"

"那边桌上有。陶罐龙虾。"

照片里的文太，大张着嘴巴，拿筷子夹着一块像是鱼肉山芋饼的橘黄色东西。他似乎把今天尝过的美食一样一样全都通过自拍记录了下来。

没准文太并不是什么寻常的小学生，而是来自吃货国的吃货小王子也说不定。

小翔盯着照片不禁展开了奇特的想象。突然，他"咦"了一声。

这个出现在角落的、穿黑色夹克的……

是草叶！就在文太头顶上方，拍到了草叶缩小版的身影。只见草叶蹲着，手伸出去老长，手下面……能看到那里有一个黑乎乎的、像是盒子的东西！

放大再看……果不其然！好像就是那只装宝石的盒子。

"文太！这张什么时候拍的？"

"嗯——对了，就在停电前一秒。因为就是在一片漆黑中品尝到了这个陶罐龙虾。"

"就是说，在丢戒指之前，对吧？"

柚佳也凑过来看照片。"真的！那家伙正打算偷盒子！这可是案发现场照片！"

"趁灯还亮着的时候先确定戒指盒的位置，好确保灯一灭立马就能拿到手，我看就是这样。"小翔的语气非常确定。

"文太，不错嘛，给你记一功！"柚佳说着在文太背上嘭嘭嘭地连拍了好几下，"得赶紧拿给我爸看！"

再看演讲台那边，山本警官已经听完了桥川的讲述，正一边咔咔咔地转动着脖子，一边朝这边走过来。

"爸爸，大新闻！"

山本警官没理会柚佳的话，径直站在了庭野桃面前。

"庭野小姐，我想听您讲几句……"

庭野桃面色铁青，颤抖着声音说："我什么也没偷。"

"侦查工作才刚刚开始，接下来进入逐一调查的阶段，目前并不会断定您就是嫌疑人。"

"我就说嘛！"柚佳插话进来，"我们有真正嫌疑人的决定性证据！在向桃姐姐听取情况之前，先看看这个吧！"

柚佳说着就把文太的手机推到山本警官脸前。

"这是什么呀？这不是佐佐木嘛！"

"是他。你看他后面，看这里。"柚佳在照片上划了一两下，把草叶和黑盒子放大了，"瞧，这家伙才是贼呀！"

"……"

也许是觉察到照片意义重大，山本警官皱起眉头，凝神紧盯着照片。

"唔。这就是装有您戒指的那个盒子吧？"

山本警官向庭野桃确认，她点点头。

"大盒子是我的，小盒子是桥川女士的。里面装的戒指上的钻石正好相反，我的小，桥川女士的格外大。这张照片只拍到了盒子的一部分，所以我也不知道这是谁的盒子……"

小翔补充说道："肯定就是这个叫草叶的家伙偷了装戒指的盒子。我认为，这家伙是在恢复供电以后，先假装捡到两枚跟'月亮钻戒'一样大的小钻石戒指，并且交给桃姐姐和桥川女士，然后就马上逃离了会场。"

"唔——"山本警官沉吟着抱住了胳膊，"刚才坂上说出去追他，对吧？那时候你采取了什么样的行动，说来我听听。”

"好的。"

小翔跟着山本警官走出会场，一起朝正门走去。

和刚才不同，大堂这时挤满了人。接受完随身物品检查的人们，正一个接一个带着无比疲惫的神色回家去。

前台也是乱哄哄的，穿制服的大姐姐们正在不停地接行李还行李，忙得不可开交。

"我听到了这扇门关闭的声音，所以我认为是有人进去了，于是我也跟着进屋里去了。"

小翔打开前台旁边并排的三扇门中最靠左的那扇，门里面跟刚才一样，一个人都没有。

"这里好像是办公室啊。"山本警官用他那敏锐的目光扫视着周围说道。

"进来之后，挂在那边的窗帘一直在飘动……"小翔说着看向房间里面，霎时间说不出话来。

刚才挂着的那条图案花哨的窗帘不见了！

代替窗帘挂在那里的是白色百叶窗。

从外面看的时候,窗户看起来好像是关着的……

那么此时此刻,窗户是关着的吗?还是开着?

小翔朝窗户的方向跑去,山本警官追在他身后。

"怎么啦?"

"那边那个窗,刚才明明是开着的……"

山本警官戴上白手套,小心谨慎地拉起百叶窗,确认了窗户的状态。

"关得好好的。"

小翔对他解释说,当时有风从窗户吹进来,吹动了窗帘,可是那窗帘不见了。山本警官听了,叹了口气。

"这样啊。稍后鉴证科会派人来,到时候让他们也好好检查一下这扇窗……不过呢,像你说的那样跳窗逃走是不可能的。"

"可是……"

"这里只有一块窗玻璃,是镶死的。窗户打不开,本来就设计好的。"

"……"

怎么回事?那我刚才看到的到底算怎么一回事?

山本警官把手里拿着的笔记本放回口袋，发出一声长长的叹息。

他心里在想些什么，小翔都能猜个八九不离十。

他准是在想：真是拿小屁孩没办法，这下可好，又白陪他们玩了半天乱七八糟的侦探游戏……

总是这样。大人们就是不愿意认真倾听孩子讲话……

"好了，回会场去，跟七尾女士待在一起！"

小翔被赶了回来，刚踏进会场，第一眼就看见叶月旁边竟然站着那个草叶！

这回他又打算对叶月干出什么事来？

小翔急忙跑过去。

5 妈妈与自行车

坂上翔的头脑里一片混乱。

窗帘究竟去了哪里?

虽然嫌疑人再次回到现场的情况很常见,但是他回来得也太快了,不是吗?

"叶月,你没事吧?"

小翔跑过去表示关心,叶月却一脸的莫名其妙,歪着脑袋问他:"啊,你说什么?怎么啦?"

"我是说,这家伙……"小翔嘴巴一张一合,说不出话来，只好把食指戳到草叶脸前。

"搞错啦！"柚佳一边说着，一边端着一盘小蛋糕走过来。

"什么叫搞错啦！这家伙不就是贼吗？有照片可以作证啊！"

"草叶先生，要不请你把那张照片再解释一遍？"叶月妈妈对草叶说。

"没问题。"草叶轻轻点点头，"首先让我们来还原拍这张照片时的现场状况。"

草叶让文太在桌子前面站好，又让他拿起一柄叉有蛋糕的叉子。

"文太停电之前在这里拿着陶罐龙虾玩自拍，于是拍到了在他身后朝首饰盒伸出手去，眼看就要下手的我。"

没错，完全正确。小翔噘起下唇点点头。

"庭野小姐放首饰盒的地方，是这张桌子上面对不对？"

草叶走到离文太站立的位置相当远的一张桌子旁边，并向庭野桃确认。

"对的，是这张。"庭野桃轻声回答道。

"那么，就让它代替首饰盒放在这里。"

草叶从自己的口袋里掏出黑色数码相机放在铺着白色桌布的桌子上。

"这样的话，场景设定就完成了。接下来，只要我移动到合适的位置就行了……文太，等我到了最佳拍摄点，拜托你给个信号。"

说完，草叶站到文太和桌子中间，前前后后一点一点地开始移动。

"再往后一点……啊，过了。再回来一点点！"

文太右手拿手机，举在自己脸部斜上方，一个劲儿地给草叶指点位置。

"就是那里。好，停。好，手就放在那个位置。来，走你——"

"咔嚓"一声响，看样子一张照片就这样拍好了。

文太把手机递给小翔。

画面里拍到的，是拿着蛋糕笑眯眯的文太；在文太头顶上方是站在他后面的缩小版草叶；还有，在草叶伸出去的手下方，正是那台黑色数码相机。

拍摄的角度同那张文太吃陶罐龙虾的照片一模一样。

照片中的草叶，看上去的确像是伸手盖在了数码相机的正上方。

但实际上，草叶并不在放数码相机的那张桌子旁边。他站在距离数码相机相当远的一个位置，而他的手，只是悬在空无一物的半空中而已。

也就是说，停电前拍的那张照片里的草叶，所待的地方并没有跟戒指盒近在咫尺。

"咳，纯属偶然。拍到的照片看上去好像是我正在对盒子下手，这都是透视法闹的大乌龙。"

草叶这样说着，轻轻拍了一下小翔的肩膀。

"情况就是这样。"柚佳啃了一口大蛋糕说，"这个人好像不是贼哦。"

"可是，他不是鬼鬼祟祟地溜出了会场吗？"

"那个时候我是想去上厕所。可我很快就回来了呀！"草叶笑着耸耸肩。

即便他这样说，一时之间也无法叫人相信。

"……是真的吗？"

"你还真够多疑的啊！"草叶笑嘻嘻地说。

“还有，你刚才说要写一篇报道，是关于叶月背后的面孔……”

“啊，那是开玩笑。再说，我其实是七尾叶月的粉丝。”

说着，草叶摊开了最新一期的娱乐杂志，对页上恰巧刊登着有关七尾叶月的采访报道。标题是《努力进取的童星　七尾叶月的素颜》。文章末尾有署名，是“作者·草叶影彦”。

文章报道了叶月在演艺界付出多少辛劳和汗水，又有着怎样的梦想……没有一句话可能产生负面影响，都是支持叶月的内容，似乎并没有写什么出格的怪话。

再看叶月妈妈，甚至向草叶道起谢来：

“谢谢您！一直以来承蒙关照。”

怎么说、怎么说？就是说，虽然嘴巴坏得吓人，本性却是好的？

根本理解不了嘛！

而且，假如草叶不是那个贼，那么偷戒指的人究竟是谁呢？

虽然只是直觉，可到底还是草叶最可疑，不

是吗？

见小翔噘起了嘴，庭野桃对他说："小翔，今天多谢你了。"

"啊？"

"我真的好开心。"

"哪里。我什么忙也没帮上……"

"你不是站出来帮助我了吗？……期待再次见到你！"

庭野桃这样说着，紧紧地握住了小翔的手。

小翔他们正打算离开饭店的时候，山本警官跑过来叫住了叶月妈妈。

"七尾女士，媒体把外面包围了，请从这边的紧急出口离开。"

他们在警官的引导下来到外面一看，已经到了大门旁边的停车场。这里有树篱围绕，还拉着"闲人免进"的警戒线，连媒体也休想冲过来。

透过树叶的间隙往正面大门那边一看，能看见数不胜数的闪光灯在闪个不停。

报社、电视台、杂志社等媒体全部赶来了吧？

还有扛着电视台摄像机的人，综艺节目上经常见到的记者也在。也不知道从哪里听到了骚乱的消息，看热闹的普通人也来了不少。

的确，派对上来了很多名人，况且那位女演员桥川安惠的戒指又被偷了，所以这次的事件哪怕上明天的新闻头条也不奇怪。

事情闹得太大了……

小翔看得直眨巴眼睛。这时，他听到有人喊他的名字。

"小翔！"

是妈妈！她应该在家里工作呀，怎么到这里来了？

"你没事吧？都还好吗？"

妈妈跑过来，把小翔的头紧紧搂在怀里。

"啊……太好了……"

"什么？怎么啦？你不用工作吗？"

"你这个小笨蛋！你当然比工作重要啊！"

"我更重要？"小翔心里想。

从妈妈嘴里竟然说出这种话，简直不敢相信。

平时，她一天到晚不是说自己忙，就是叫我

安静点，要不就说累死了……净是牢骚和抱怨，我内心的一个角落还一直有一点伤心，以为对妈妈来说，我就是个麻烦的绊脚石……

妈妈盯着小翔的脸说："我听到临时插播的新闻，说这里出事了，担心死了……"

"哎呀！"叶月妈妈小跑着过来了，"小翔妈妈！"她点头致意后，接着便开始向小翔的妈妈道歉，"真的很抱歉，没想到发生这种事……"

"不不不，怎么能这么说呢？又不是您的错，不用道歉的。"

就在两个大人忙着说客套话的时候，文太的爸爸妈妈也开车来接他了。于是，叶月和柚佳乘坐叶月妈妈的车，文太则跟他爸妈一道，分别回了各自的家。

"那么，我们也回家吧！……哎，等等！"

妈妈骨碌一转身，返回时推的却是……绿色车身的亲子自行车。

"难道你是骑这个来的？"

"是啊。"

"从家里骑过来的？"

"难道还能从别的什么地方过来？"

"不是，你坐公交或者出租车来就好了嘛！"

从小翔家到夜母津饭店，需要步行五分钟到平坂町公交站，然后花三十分钟乘坐开往夜母津站方向的公交，再从那里的公交站步行五分钟，共计四十分钟才能到达。骑自行车的话，骑得快一点，大约需要三十分钟。

这样看来，也许还是自行车更快那么一点点……

"这个时间特别堵。所以我想，肯定是骑自行车更快！"

说起来，妈妈身上穿的还是家居服，粉红色的无领长袖运动衫，而且她素面朝天，一点妆也没化。

平时哪怕早上去扔个垃圾，也非得仔仔细细化妆，否则就不出门，今天却……可见从家里飞奔出来的时候有多么惊慌失措了……

小翔感到心被揪紧了，不由自主地伸出自己的手，轻轻放在了扶住车把手的妈妈的手上。

"害怕了？"妈妈盯着他的脸问。

"没有。我怎么可能害怕呢……"

"吓了一跳吧。不过现在没事了，有妈妈陪着你呢。"

妈妈说着挺起了胸膛，用力地摸了摸小翔的头。

"上来吧，坐车后座上！"

母子俩在警官们的守护中来到了外面。

周围仍旧人头攒动。

当妈妈小心地避开人群，慢悠悠地踩动了脚踏板后，小翔问她："妈妈，这真成了爆炸性特大新闻了吗？"

"嗯，各大电视台都不约而同用地用字幕播出了新闻快讯，说夜母津饭店发生了某事件。听到是你今天去的饭店，我吓了一跳。可是具体情况没有一家电视台报道。我正六神无主的时候，叶月妈妈打电话过来了，告诉我你和大家都没事。可我还是很担心啊，坐立不安的。就骑着自行车来了……啊，不好！"

妈妈按住刹车停下自行车，接起了手机。

"小翔他爸？啊，没事、没事！换小翔接电话吧。"

小翔从自行车后座上下来，接过手机放到耳

边，听见了爸爸的声音。

"小翔？你还好吗？什么事都没有吗？"

"啊——我什么事都没有哦！"

"太好啦！你平安无事就好……"

电话那头传来吸鼻子的声音。爸爸好像在哭。小翔也开始觉得鼻子里面酸酸的。

父子俩沉默了一会儿，爸爸又问他："那么，所谓的事件是什么情况？是不是有人挥舞着刀要砍人？或者有人开枪？"

"都不是。是盗窃。"

"盗窃？"

"是宝石被偷了。那个贼还没有查到……"

"把手机给我。"妈妈从小翔手里拿过手机，又接起了电话，"……对。放心吧。现在就回家。到家了再给你打电话……嗯，知道了。再见！"

"……爸爸也很担心我啊！"

"那是当然咯！因为是自己儿子呀……好了，回家吧！"

小翔再次跨坐在自行车的后座上；等他坐定，妈妈使劲踩动了脚踏板。

拂过脸颊的风虽然带着一些寒意，但是小翔的内心却似乎越来越温暖了。

不经意间抬头仰望，只见一轮圆圆的月亮正悬挂在夜空中。

高高地、突兀地、浮现在群青色夜空中的、白色月亮。

大小嘛……对了，就好比一个网球。

还是没法认为这跟昨天傍晚见到的那个大月亮是同一个月亮……

这样想着，小翔不由得攥紧了刚才庭野桃握过的右手。

6 错觉真好玩！

坂上翔在玩倒立。

眼里看到的一切全都是颠倒的。

上变成下，下变成上。

究竟什么才是真实的？

　　事件发生后的第二天，也就是星期天的下午，小翔被文太叫到"满福咖啡"来。

　　这是文太的爸妈经营的咖啡馆。

　　正在吧台冲咖啡的胡子师傅是文太的爸爸；

系着围裙正在清洗碗碟的是文太的妈妈。

小翔、柚佳、叶月他们三人坐在店内最靠里的包厢，摊开了今天发行的各大报纸。

三个人全都一声不吭地翻着报纸，一脸严肃地浏览着报道。

各大报纸报道的标题，大体上是这样的感觉——

慈善拍卖会竟引窃贼，女演员所拍钻石被盗

慈善派对遭遇盗宝，各界名人皆在场

千万钻石消失无踪！庭野桃（21岁）与桥川安惠（58岁）嫌隙加深！

年轻女老板即大贼头？老戏骨桥川安惠的爆炸性告发

……

普通报纸也就算了，就连体育报纸也刊登真假参半的报道，真是看热闹不嫌事大。

"什、什么嘛，这是！"柚佳敲着桌上的报纸说。

"太过分了……桃姐姐好可怜……"叶月看

得直落泪，忙拿手帕按着眼角。

今天早上的综艺节目也把昨天的事件列为头条。

从饭店门前的现场直播开始，结合会场袖珍模型、CG① 图片及"飞丽博"② 资讯等多种方式，对事件的来龙去脉做出说明，还插播了出席者提供的派对会场内的视频。

身为受害人的桥川安惠在众多记者的包围中接受了采访。

"……我真的是吓了一跳。我只希望嫌疑人能够赶快反省，然后去自首。"

"你知道嫌疑人是谁，对吗？"

"这个嘛——我已经拜托给警方了。"

"是价值高达一千万日元的戒指，对吗？被偷之后难道你不感到义愤填膺吗？"

"不，一点也不。因为我这回的目的纯粹是做慈善，戒指就好比附带的赠品。只要我的一千万日元捐出去了，孩子们欢欢喜喜，我就满足了。"

① 英语 Computer Graphics 的缩写，即计算机图像技术。——译者注
② 一款应用软件，通过整合一些社交媒体上的内容以杂志的形式呈现给用户阅读。——译者注

"……真不愧是桥川女士，令人钦佩。"

感觉上跟昨天那个咆哮着"小孩子闭嘴"的桥川，完全判若两人。

小翔望着电视，心里想：单说这装模作样的本事，她也的确令人钦佩！

节目最后总结道："目前警方仍在调查中，尚未锁定嫌疑人。"

虽然并没有把庭野桃当作嫌疑人对待，但是其间也有评论员暗示说庭野桃很有可能参与了某事。小翔听了，内心很难保持平静。

看看这通篇胡编乱造的新闻报道！

桃姐姐现在该是怎样的心情啊！

小翔在心里喊了一声"桃姐姐"，双手掌心啪地拍在了桌上。就在这时，文太一蹦一跳地过来了。

柚佳把报纸揉成一团，拿它嘭嘭嘭地直捶站在桌旁的文太的胳膊。

"你到底搞什么鬼！叫我们过来，又让我们等半个钟头！"

“对不起，对不起……那我们走吧！”

“走？去哪儿？”叶月问。

“喏，今天早上，警察来我家拿走了我的手机。”

“为什么？”小翔问。

文太用手机拍的草叶的照片——他们曾经以为捕捉到了犯罪现场的那张照片，应该就只是文太《遍尝美食相册》中的一张照片而已啊。

“因为我在那家饭店拍了一百多张哦。他们说，没准真拍到了什么也说不定，所以让我交给他们去调查。”

“原来是被扣押了。那可能很难还回来哦！”

柚佳用有些唬人的口吻说，文太却把头摇得跟拨浪鼓似的。

“不可能。警察叔叔跟我说好的，说明后天就还给我。”

“那么，文太的手机被扣押，跟接下来大家必须去某个地方，这中间有什么联系呢？”

“因为没手机，时间很难打发啊。所以嘛，为了消磨时间，我就想叫大家一起到上回那只小狗的主人那里，听他讲讲月亮！”

"……"

小翔他们无言以对。

昨天经历了那么大的事件，所以今天小翔他们当然是打算聊有关事件的话题，才到这里来的。

可他刚刚说什么？

手机没了，不得不想办法打发时间，就叫大家陪他玩？

难道文太以为世界是以他为中心在转的吗？

三个人齐刷刷狠狠地瞪着他。

"喂，快走吧！天气又好，外面很舒服哦！"

不懂察言观色就是文太的代名词。

文太活像个小屁孩似的摇晃着身子，拉着小翔的袖子不住地求他"去嘛去嘛"。

小翔板着脸不说话，但看着文太圆滚滚的身体扭来扭去，不一会儿，笑意便不自觉地涌上来。

柚佳和叶月"扑哧"笑出声来。

"说得对。"小翔苦笑着站起身，"就算我们在这里跟报纸大眼瞪小眼，也改变不了什么。"

"嗯，也只能落个不痛快，生一肚子气。"柚佳说。

“蓬佐不知道怎么样了呢。”刚才还一直在哭的叶月也露出了笑容。

“二谷叔叔也说盼着我们去呢！”文太催促说。

“哦？这话他什么时候说的？”小翔吃了一惊，盯着文太的脸问。

“在跟大家联系之前，我从电话簿上查到号码，就打了电话到二谷叔叔家，然后他说，两点左右在家。”

真是的，文太总叫人无语！既然这样，一开始就应该有话直说。

“不好！”叶月说着站起身，“再不赶紧过去，就过了两点了！”

小翔他们于是慌里慌张地奔出了满福咖啡，朝小狗蓬佐的主人二谷叔叔家赶去。

四个小伙伴来到了气派的大门前，木结构的大门上加盖了瓦顶，大门左右两侧树篱围绕，绿意葱茏，看来建筑面积相当之大。小翔看了一圈小伙伴们的脸，然后用力按下了可视对讲门铃的按键。

里面立刻有了回应。

"你们好！欢迎欢迎！门开着，请进来吧。"

"您好！打扰了！"

小翔把手放在拉手上，喀哒喀哒打开了格子门。

在大门到玄关之间，铺着灰色的踏脚石，栽种着南天竹和枫树等植物——这里是一座如今很少见的纯日式宅院。

他们刚在玄关前的踏脚石上站定，便听到了两声狗叫：

"汪！汪！"

是蓬佐。从院子那头飞奔过来的蓬佐疯狂地摇着尾巴，径直冲着小翔跑来，都快把尾巴摇断了。

它还记得我！

蓬佐像上回一样，轻轻一跃，跳入了小翔怀中。

"好可爱——"

"你好吗？"

"真乖！"

就在大家轮流抚摸蓬佐的头的时候，二谷叔叔蓦地出现在门口。

"呀，欢迎欢迎。"

他和见到大月亮的那天一样，穿着脏兮兮的白大褂，头发乱蓬蓬，戴着想必度数很深的黑框眼镜。不过，上回遇见时惹眼的邋遢胡子剃掉了，感觉上算是多少干净利落了一些。这个人虽然看起来挺和善的，但是怎么说呢，总给人一种无精打采的感觉。

"您好！"四个小伙伴问候道。

寒暄完，二谷叔叔便趿上拖鞋，来到门外。

"你们来得正好……跟我来，咱们上偏屋。"说着朝小翔他们招招手。

房子外墙和树篱之间有一条踏脚石铺成的小径，小伙伴们踩在上面，一路蹦蹦跳跳地来到了院子里。

明亮的阳光洒满庭院，松树、杜鹃花、瑞香等庭园树和别致的点景石布置得十分漂亮，甚至还有一方小小的池塘。

房子一楼的屋檐下，有一条正对庭院的檐廊，在那里眺望满园绿树，再晒晒太阳，心情肯定无比舒畅！

"太棒啦！"走在二谷叔叔身后的柚佳发出

了欢呼声。

"您家的庭院真的好漂亮啊！"叶月赞叹道。

"收拾起来很费劲吧！"文太感叹说。

"我不干活的。家里雇了花匠和保姆，很多年了，他们几乎天天来，帮我收拾屋子，照顾花草树木……到了，这里是我的研究室。"

二谷叔叔停下脚步的地方，已经到了院子尽头，也是一栋小平房的门前。和主屋的日式风格不同，这里的房子是西式的，带有镶嵌着彩绘玻璃的凸窗，给人相当可爱的感觉。

"里面乱得很……"

二谷叔叔说着打开了玄关的门。

里面与其说是研究室，不如说更像操作间。从玄关进屋后就是约有十张榻榻米大小的泥地房间，靠墙摆放着各式各样的工具（包括木匠工具）、铁板、钢管、碎木片，地上到处散落着电线、电脑主机之类的东西。房中央的操作台上则杂乱无章地堆着一堆用途不明的物件，有奇形怪状的铁疙瘩，还有装满按钮和螺丝钉的盒子……

从泥地房间再往里走，来到宽敞的木地板房

间，这里倒是有那么一点研究室的样子。

墙边是一排塞满书的书架，书架前面有一张放着电脑、摊着书本的大书桌，书桌后面是一块黑板，上面潦草地写着看起来很难的算式；而这里的操作台上，则摆着试管、烧杯、烧瓶、显微镜……连带玻璃门的药柜也有。

他究竟是研究什么的？

就在小翔东张西望的时候，怀里的蓬佐扭着身子跳到地板上，跑去了窗边。那里有一张木桌，桌边有一张长长的皮沙发和两张单人座椅。蓬佐跳上沙发，冲小翔"汪"地叫了一声。

"蓬佐特别中意这张沙发。它这是叫你坐它旁边呢。"

二谷叔叔笑着摸了摸蓬佐的头，请大家坐下。

小翔他们分别做了自我介绍后，二谷叔叔拿来了一个厚厚的文件夹和几张稿纸。

"在解释上回的月亮之前，我们先来玩一个游戏吧！"他说着从文件夹里抽出一张图画，在桌上摊开。

　　图画是这样的：远景是一片崇山峻岭，一条道路穿过广阔的田野从山那边向前延伸，路旁站着一位手拿萝卜、头戴草帽、笑容满面的大叔——画的似乎是哪里的高原。

　　"看出这张画里有什么奇怪的地方了吗？"二谷叔叔笑眯眯地问道。

　　小伙伴们立刻点头。

　　要问什么地方奇怪，那就是，靠近山脚的道

路上另外还画着一个同样手拿萝卜的大叔，但这是一个巨人！

大概是哪里弄错了，远处的大叔画得比近处的大叔大了整整一圈。

"一般不会有这么大的人吧。"小翔说着耸耸肩。

"不会是画失败了的插图吧？"柚佳说。

"我觉得萝卜画得挺不错的。"文太说。

"也可能是童话故事的插图哦。《杰克与魔豆》呀，《大太法师》呀，里面都有巨人出现。"爱阅读的叶月把脸凑近图画说。

"有点意思。"二谷叔叔扫视了一圈大家的脸说，"那么，我换一个问题来问。这两位大叔，谁被画得大呢？"

明知故问嘛！

小翔他们数着"一、二、三"一齐将手指点在图画的上半部分。

毫无疑问，四个人全部选择了站在山脚的巨人大叔。

二谷叔叔在稿纸上写下"问题1，站在山脚的大叔"。字写得有棱有角，还算漂亮，很容易让人看懂。

"接下来对答案。"

二谷叔叔从文件夹里取出两张纸片，是剪得漂漂亮亮的两位大叔。接着他把剪纸分别严丝合缝地放在图中两位大叔的位置上。

"剪纸跟画同样大小，没错吧？"

对于二谷叔叔的这个问题，大家不约而同地点头表示同意。二谷叔叔于是拿笔在"山脚大叔"上面标注了"A"，在"近景大叔"上面标注了"B"。

"那么，文太，你试着把待在山脚的大叔剪纸移动到站在近处的大叔旁边来。"

文太抓起剪纸，挤眉弄眼地放过来。

把两位大叔摆在一起，就发现：原本应该是山脚大叔大一圈的，然而……

没想到两位大叔的剪纸竟然大小完全相同！

"怎么会……这也太奇怪啦！"

小翔拿起剪纸，试着把近景的"B"大叔重叠到山脚的"A"大叔上面。

大小果然相同……从草帽到鞋子，两人的每

个部分都完全重合！

"这是怎么回事？"

"为什么……"

"没错，两个人一样大……要不，再把山脚的'A'大叔移到近处，把'B'大叔移到山脚看看？"

二谷叔叔再次把剪纸分别放在图中相应的位置。

这样一来，这回"B"大叔看起来像巨人了！

小翔他们看得直眨巴眼睛。二谷叔叔接着说道：

"问题1的正确答案是'二人大小相同'。"

小翔注视着图画，歪着脑袋疑惑不解地说："它毕竟是'画'，所以其实必须把远处的东西画小一点，把近处的东西画大一点，对吗？"

"对！很好！注意到这一点了。"二谷叔叔笑着转向小翔，"这是'画'，本来就是一张纸头，没有远近、前后之分。这张扁平的纸，不可能装下好几公里外的整片高山。所以，画画的就需要运用'透视法'。"

"就是说，如果完全按照'真实模样'来画，就可以画出相同身高，对吧？可是如果在远处的景色中仍旧按照原来的比例画，就会像这位山脚的大叔一样，看着像巨人，显得不自然。所以，远处的人和物，不画小一点，就会显得不自然。"

"我懂啦！"柚佳举手说，"不是'照真实模样'，而是'按肉眼所见'来画，就叫'透视法'！"

"完全正确。"二谷叔叔高兴地点点头。

"这样说的话，我们眼里看见的东西，全都不是'真实模样'？"文太鼓起了腮帮子。

"也不是随时随地都会产生'错觉'。只有在具备某些条件的情况下，人们才会对眼睛所看见的东西产生错觉，感觉到异样，认为它不同寻常。"

"啊！"叶月轻轻喊了一声，"就是说，不仅纸上的图画，实际生活中看见的景象也会引起错觉，是吗？所以，前天的大月亮也是一样！"

"是这样。"说着，二谷叔叔从文件夹里取出一张照片。

这是一张街市的夜景照片。百货大楼、高层建筑鳞次栉比，一轮圆月高高地悬挂在夜空。

等小翔他们仔仔细细观看完毕，二谷叔叔把照片翻面放好，又取出另一张照片。

这第二张拍的也是相同街市的夜景，只不过

这张照片上面的月亮似乎才刚刚升起，距离地表比较近，月亮前面的街灯被它映照成黑色剪影，就叠在月亮上面。

二谷叔叔把第二张照片也翻面放好，然后问小伙伴们：

"问题来了。你们感觉哪个月亮更大？"

小翔一边在脑海里比较刚才看过的两张照片，一边举手回答：

　　"我觉得好像是第二张的月亮更大一点……"

　　"月亮看着大，是眼睛以接近地表的景物为参照物来对信息进行分析的结果——月亮位于远离地球的地方，其实看上去应该大约只有小拇指的指甲盖大小。

　　"可是，当月亮上方或旁边存在参照物，比如大楼或者树木之类，人们就会拿来跟它比较，从而产生错觉，以为'月亮好大'。因此，月亮也就让人感觉看起来异常地大。这就是月亮显得大的原因之一。

"……好了，把两张照片并排摆好，我们拿尺子量量看。"

于是他们用尺子分别去量两张照片上拍的月亮……结果，大小相同。可是，总觉得还是接近地表的那个月亮看着更大一点。

"嗯——"文太手拿照片沉吟着说，"上回见到的月亮，不是这样的。大得让人担心它会坠落到镇上。对，有这么大。"

文太用双手围成一个大大的圆圈给二谷叔叔看。

"也对。看照片的话，错觉的程度会大幅度降低。很遗憾，比起当场亲眼目睹所感知的月亮大小，错觉的程度要低太多了。

"在不同情况下，人们有时会感觉月亮小得像一粒弹珠，有时又感觉它大如圆盘，但是别忘了月亮的实际体积，它的直径约为 3476 千米；而月亮本身并不会时而膨胀，时而缩小。

"当月亮分别处在靠近地球的位置和远离地球的位置时，大小看起来当然不一样，尽管其实相差非常微小。所以，当月亮显得大如圆盘的时候，问题应该是出在从地球看月亮的我们自己身上。

"事实上，关于为什么会产生月亮看着大的错觉，也是众说纷纭，目前还没有明确的答案。

"但是正如刚才解释的那样，由于周围的景物、月亮的位置、看的人的姿势和角度等条件不同，眼睛便会相应地产生'错觉'，从而使月亮在人眼中留下大小不等的印象。这是目前强有力的一个说法。

"……对了，如果下回再看到月亮显得很大，就试着利用五日元硬币再观察观察。"

"五日元硬币？"

"首先将拿着五日元硬币的手尽量伸向月亮，然后透过硬币中间的小孔眺望月亮，这时候，月亮应该可以整个儿地装进这个孔里。接下来把硬币拿开，再次眺望月亮，就会发现月亮看起来又变大了。这应该能带给你们不可思议的感觉。"

文太在口袋里一阵摸索，掏出一枚五日元硬币。

五日元硬币中间的小孔，大概就只有区区 5 毫米，月亮真能装进这里面？

就在小翔他们直眨巴眼睛的时候，保姆端着烧果子进来了。

等他们吃过茶点，文太也一口吞下最后一块贝壳蛋糕以后，二谷叔叔又拿来了另一个文件夹。

"眼睛的'错觉'极其不可思议，而且特别有趣。下面，我们来看几个案例。"

7 "月亮钻戒"与"太阳钻戒"

坂上翔兴奋不已。

明明挺短，却显得挺长。

明明挺小，却显得挺大！

当你做出了判断，却被告知一样长短、一样大小，奇怪吧？

"好，我们再来玩一个游戏。第二个问题来了。"二谷叔叔从文件夹里取出一张新的画。

这回画的是房间。也许是盖在森林里的房子，

挂着窗帘的窗外，绿树郁郁葱葱。

　　房间里放着一张大大的长桌子，桌上并排摆着三只汤盘，最靠前的盘子是黄色的，中间的是粉红色的，而最远那头的是藏青色的。但是，无论哪只盘子里面都是空空如也。

　　"这个我知道！"柚佳啪地一拍手，"《三只熊》，对吧？是一个女孩喝掉了熊家的汤。"

　　"啊，我想起来了。"小翔也点点头，"最小的黄色盘子是小熊的，粉红色的是熊妈妈的，藏青色的大盘子是熊爸爸的。"

"可是，"叶月提出了疑问，"记得故事里面说，女孩只把小熊盘里的汤喝得一干二净，其余的因为太烫什么的就剩下了……"

"换成我的话，管它烫还是凉呢，只要好吃就吃个精光。"

听了文太的话，二谷叔叔苦笑着说：

"你们认为这张画里哪只盘子最大？"

简单！四个人全都指向藏青色的盘子。二谷叔叔见状，在稿纸上又写下"问题2，藏青色盘子"。

"那么，第三个问题。这里画的铅笔，哪支更长？"

二谷叔叔接下来展示的，是一幅感觉上像地铁通道墙壁的简笔画。墙壁上有两个拐角，上面各画着一支铅笔。

怎么看都是右边那支铅笔更长。

小翔他们齐声回答："右！"

二谷叔叔于是记上"问题3，右"。

接着他展开《三只熊》的汤盘画，又从文件夹里取出从画上剪下来的三只盘子，颜色也分别是黄色、粉红色、藏青色。

"这次绝对没错。绝对是藏青色的盘子最大！"

柚佳气势汹汹地说着，拿过三张剪纸逐一叠放在画上。

另外三个人也分别轮流把黄色剪纸放在藏青色盘子上，把藏青色剪纸放在粉红色盘子上，把粉红色剪纸放在黄色盘子上，尝试了各种组合。

然而结果表明，所有盘子都一样大小……

而且，无论放上哪种颜色的盘子剪纸，原先画着藏青色盘子的位置的盘子始终看着最大，而最前面的黄色盘子的位置上放的盘子剪纸始终看着最小！

二谷叔叔接着取出第三个问题里的铅笔画。

"这回又如何呢？"

"嗯——右边的铅笔绝对更长，对吧……我认为我们的答案是对的……"叶月没多少自信似的小声说道。

"好，用这把尺子量量看。"

分别把尺子放在两支铅笔上量了量后，叶月不由得鼓起了腮帮子，有些泄气了。

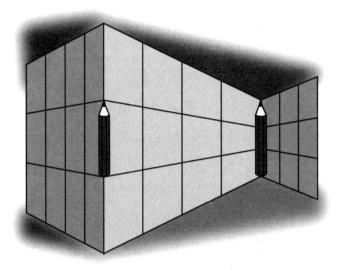

两支铅笔哪支更长?

"……两支都是 2 厘米,相等?"

"你量得不对,我来!"

文太从叶月手里拿过尺子放到纸上比划起来。

"哎——左边的铅笔——嗯——好,2 厘米。然后——右边——哎——咦?2 厘米?!"

"不可能!"柚佳叫起来。

"你肯定是哪里量错了。"小翔说。

小翔和柚佳两个人又分别拿起尺子在铅笔上量了量,也是边量边念念有词。

虽然不可能，但它们的的确确长度相等。两支都是2厘米！

这也就是说，所有问题全答错。

就在小翔他们百思不得其解的时候，蓬佐也把鼻子伸到桌上来了。只见它嗅了嗅摆在桌上的画，低哼一声，也把脑袋歪向了一边。看那样子，仿佛在说："真的，好奇怪啊！"

是挺奇怪的。但是，也许其实并不奇怪……

小翔摸了摸蓬佐的头，说道：

"我想到了！无论盘子还是铅笔，如果没有背景画，看起来就会是一样大小、一样长短！"

"完全正确。当看到有一定进深的立体画面，大脑就会下意识地进行计算，对其形状及大小形成认知。所谓'错觉'，是人们通过五官获得信息——看到的、听到的、触摸到的，加上气味和味道，大脑自然而然地对这些信息加以分析，以便对此时此刻自己所处的状态和环境有一个切切实实的判断，并且争取在短时间内高效地去把握它，于是'错觉'因此产生。也就是说，所谓眼睛的'错觉'，是在想要'看'得真真切切这股动力的作用下催生的。"

想要看得真真切切，反而产生错觉？

话题好像变得越来越深奥了，好在二谷叔叔娓娓道来，他那浑厚的嗓音让耳朵非常享受……

紧接着，二谷叔叔又打开另一个文件夹，向小翔他们展示另一幅图——"V"字形的线条框内画着两条横线，同时提问：

"请问哪条横线更长呢？"

小伙伴们不约而同地指向下面那条线。

但是用尺子一量，又是等长！

"再来看这幅图。哪个圆更大呢？"

这是一幅像是把"V"字横向放倒的线条画。不过这回"V"字框内画的不是横线，而是两个圆。在这里，左边的圆看起来稍微大一点。

但是用尺子一量，它们也等大……

"这是在大约一百年前，意大利的一位心理学家想出来的有关眼睛的错觉——'视错觉'的图。这种错觉以这位心理学家的名字命名，叫作'蓬佐错觉'。"

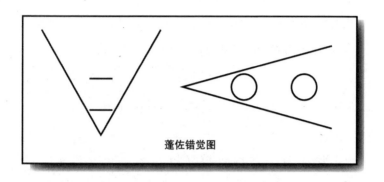

蓬佐错觉图

"……蓬佐？"

小翔他们不约而同地喊出声来。

这一来，在旁边打盹的蓬佐猛地抬头"汪"了一声，前腿搭上小翔的双肩，开始狂舔小翔的鼻子，仿佛在问："什么事？什么事？你在叫我吗？"

"蓬佐，来，到这边来。"

二谷叔叔张开双臂呼唤蓬佐。

"哎，明白了！我可没有忘记主人，马上去你那边！"

蓬佐当然无法开口说话，这些都是它给人的感觉。只见它蹦蹦跳跳地蹦进了二谷叔叔怀中。

"看蓬佐的后背！"

蓬佐后背上长的白底褐色斑纹，跟二谷叔叔刚才给他们看的"蓬佐错觉"里的圆圈图一模一样！

因为蓬佐肩膀两边长着褐色的毛，所以从肩膀到屁股的位置看上去就像倒"V"字形，那两个褐色的圆圈斑纹就在这个"V"字里的白毛上。

靠近脖子的圆圈显得大一点，接近后背中央部位的圆圈看着小一点！

"难道说，这两个圆圈的大小也？"

"量量看？"

叶月从二谷叔叔手里接过尺子，在蓬佐的背上量起来。

两个圆圈的直径都是 54 毫米，等大！

"怪不得叫它'蓬佐'呢！"叶月好像理解了似的点点头。

"嗯。好名字吧？"

见小翔他们重重地点头，二谷叔叔眯起眼睛使劲抚摸起蓬佐的脑袋来。

二谷叔叔后来又给他们看了各种各样的眼睛"错觉"图。

有的线条看着是倾斜的，其实却是笔直的；两个看着大小不一的圆实际上却完全等大……

哪个都既不可思议又超级好玩！

回到家，小翔看见妈妈又在跟电脑大眼瞪小眼。

"我回来啦！"

"哦，你回来啦……啊——"

妈妈冷不防发出尖叫，然后猛地抱头趴在了键盘上。

"怎么啦？"

"……今天的工作白做啦！"

"怎么又这样？"

"数据没了。"

"备份了没？"

"就是没备份呀！谁能想到呢！"

妈妈说话的时候仍旧低着头趴在键盘上。

"没法恢复吗？"

"……不行。"

"记得以前也发生过，对吧？"

小翔说这话时的腔调带着几分嘲讽的味道。

"嗯。"

"当时我就说，如果你不随时备份，最好还是换一台最新的电脑，对吧？"

"话是没错啦——"妈妈终于抬起头，瞪眼瞧着小翔，眼神里带着怨气，"想不到你这么冷漠啊……亏我还一直以为你是个特别善良的好孩子呢。"

即便听到妈妈对自己的负面评价，小翔依旧不为所动。

"我是觉得你挺惨的，可我也无能为力呀！"

"哎呀，你还真是冷漠到了极点。"

"好吧好吧，那我来安慰安慰你还不行吗？"小翔说着叹了口气，伸手抚摸妈妈的头。

"舒服、舒服、好舒服。我不抓狂了。"

"你不抓狂了？别忘了，消失的数据可再也找不回来了哟！"

"呜呜——"妈妈从椅子上滑落，瘫坐在了地毯上。

"你只好重新做咯！"

"嗯，是的。"

"那就请你再努一把力吧！"

"说得没错，只有努力再努力了。"

"大概得花多长时间？"

"嗯——大概一个钟头。"

什么嘛！还以为有多辛苦，又得通宵呢！

可是一旦说出口，估计又得被骂"冷漠"，所以只得咽回肚子里。

妈妈干脆躺在地板上耍赖，还叹息说：

"不过呢——重复做同一件事，好烦啊。"

"有什么办法呢，被删了呀。"

"嗯。"

妈妈仍旧躺着不肯起来。

"那好吧，我帮你捏捏肩膀。你可得加油哦！"

"太棒啦！好开心——"

妈妈立即换成了趴姿。看来早有预谋，就想让儿子给自己按摩。

真是的，此情此景，真不知道谁才是小孩子。

捏着肩膀，小翔把今天发生的事告诉给了妈妈。

"……二谷叔叔给我们看了很多错觉图，好玩极了。"

"嗯——那个姓二谷的人，是怎么样一个人？"

"怎么说呢……是一个善良的好人。"

"哎呀——这孩子没救了。表达能力为零。你这样说，人家怎么能明白？再试着表达得具体点。"

"嗯——戴眼镜，头发乱糟糟的，身上穿的白大褂也脏兮兮的。"

"白大褂？他是医生？"

"我觉得不是。好像在搞研究，虽然不知道研究些什么。房间里有很多奇奇怪怪的玩意儿，还摆满了装着药的瓶子一类的东西。"

"等等！"妈妈蓦地爬起来，在小翔面前端

端正正坐好，继续说道，"总之，那个人相当古怪，对吧？"

"嗯，算是吧。感觉他跟别的大人不一样。"

"嗯——"沉吟片刻后，妈妈对小翔说，"听我说——虽然我也不想说这种话，以后，你不许再去那栋房子。"

"呃……"

"你看，他搞的是那些奇怪的研究……再说了，好端端一个大人，礼拜天叫几个小学生到家里陪自己一起玩，这种事一般人是不会干的。"

啊？怎么能这样？

刚刚还像个孩子似的撒娇，一眨眼变成一个以恶意揣测别人的大人！

小翔猛地感到脸颊发烫，瞪着妈妈说道：

"你都没见过二谷叔叔，凭什么说他可疑？"

"啊，对不起，你说得对。"妈妈马上向小翔道歉，"不过，我是担心你才这样说的，你要理解。"

确实，昨天事件一发生，妈妈就扔下工作，慌慌张张地赶过去。这让他真真切切地知道了妈妈事实上有多爱他。但是，再也不能去二谷叔叔家，就等于再也见不到蓬佐……

见小翔一副低头耷脑的样子，妈妈摩挲着他的肩膀说：

"那么这样，如果你跟佐佐木或者其他小伙伴一起，可以去；不过单独一个人不许去，好吗？"

又来了！"不许不许攻击"开始！这样一来，孩子就再也无力反击。

尽管不服气，他也只能心不甘情不愿地点头答应。

当晚，小翔在上床之前，穿着睡衣来到了阳台上。

他手里攥着五日元硬币。

星星们在天上眨着眼睛。把目光再往上移，就发现了挂着几丝云彩的月亮。今天的月亮跟昨天的变化不大，看起来是一颗网球大小。

他学着从二谷叔叔那里听来的做法，首先用大拇指和食指捏住硬币，然后把右手伸向斜上方，试着透过小孔遥望月亮。

是真的！可爱的白色小月亮整个儿地装进了直径才 5 毫米的小孔里面！

拿开硬币，再看夜空，月亮照旧是网球大小。

假如上回看见的大月亮能跟今天的月亮一样装进五日元硬币的小孔，那肯定会让人吓一大跳，吓得人仰马翻！

太不可思议了！他无数遍地一会儿透过硬币孔看月亮，一会儿又拿开硬币直接望去。反反复复间，他突然觉得有什么东西在脑海闪现，于是把手放了下来。

对了！月亮！圆！

"月亮钻戒"与"太阳钻戒"！

小翔急忙跑回房间，翻开笔记本，一边回忆在二谷叔叔家看过的那幅两个圆看着大小不一的错觉图——"艾宾浩斯错觉图"，一边尝试自己画图。然后，他把昨天的事件中被偷的"月亮钻戒"和"太阳钻戒"画在了错觉图的旁边。

这究竟是怎么一回事？

8 窗帘飘动之谜

坂上翔在寻找答案。

看似在飘动，其实丝毫没动的东西，是什么？

幽灵？海市蜃楼？还是……

今天的晨报依旧大肆报道了夜母津饭店的盗窃事件。

看文章内容，里面提到有好几个新发现的线索。

警方对在饭店找到的两枚钻石戒指进行了调查，结果表明，均为天然钻石，而且钻石大小相同。

可以认为其中一颗毫无疑问就是"月亮钻"，而"太阳钻"仍旧下落不明。

因此警方决定今后将事件归结为"太阳钻戒盗窃案"，进一步开展调查。

早上的电视综艺节目特别过分。

或许和庭野桃本人完全不接受采访也有关系，评论员们在发表评论时大多包含对庭野桃的责难。

更有甚者，竟然还有女记者堵在庭野桃居住的公寓门前，煞有介事地进行现场直播：

"事件的真相究竟如何？桥川女士的钻石戒指去了哪里？……身处漩涡中心的庭野小姐至今不曾做出任何回应。庭野小姐，请尽快站到摄像机面前来讲述这一切的来龙去脉！"

人家明明是清白的，这样说也太过分了！

不过，现在的我一定能找出真正的贼！

当天放学后，小翔独自站在了二谷叔叔家门前。

柚佳罕见地感冒了，没上学；叶月也有拍摄任务，下午就早早地离开学校了；文太则说要跟母亲去考察车站前面新开的餐厅，急匆匆地回家去了。

小翔今天无论如何都想要请教二谷叔叔。

但是，昨天晚上才刚答应过妈妈，独自一人不去二谷叔叔家，可他转头就违背了约定，所以有点犹豫……

正当他踌躇不前，不知道该不该去按门铃的时候，背后猛地响起一声断喝：

"喂！你在干吗！"

是隔壁夜母津神社的神官——权田爷爷。

"嗯——"权田爷爷打量着小翔的脸说，"你不是上回带蓬佐回来的孩子吗？今天又有什么事？难不成想干坏事，玩什么'按完门铃就跑'的鬼把戏？"

"我没有这么想。"小翔嘟起嘴，摇摇头，"我找二谷叔叔有事。"

"这样的话，别瞎转悠了，快点进去不就好了？"

权田爷爷也不按门铃，直接打开格子门，三步并作两步地朝里面走去。

太好了！如果跟权田爷爷一起，就不算违背和妈妈的约定……小翔松了口气，赶紧去追权田爷爷。

"哟！老高！"一进入庭院，权田爷爷便举手打招呼。

坐在檐廊上的是一位穿着灰色工作服的老爷爷，满是皱纹的脸晒得黝黑，头上跟海盗似的缠着手巾，上衣的胸兜上绣有橘黄色的"高田造园"字样，看样子是一位花匠。

"小权，你来晚咯！我正想回去哩！"

"抱歉、抱歉。"

"哎呀，这是你孙子吗？"花匠老高注意到小翔，问道。

"不是啦。就是附近一小孩，说是找阿博有事。"

"少爷在偏屋。"

老高一边在将棋盘上摆棋子，一边抬了抬下巴示意平房的方向。

嗯——也就是说，阿博等于少爷等于二谷叔叔……没错吧？

"今天我绝不会输！"

权田爷爷也在檐廊坐下，嘴角含笑地摆起棋

子来。

什么？二谷叔叔家的檐廊竟然成了权田爷爷他们的将棋俱乐部？

小翔对着两位爷爷轻轻点点头，朝二谷叔叔所在的偏屋走去。

"……就是说，你怀疑那个贼在这起事件中利用了'错觉'，是吗？"听小翔把前天的事件详细讲述了一遍后，二谷叔叔托着下巴说道。

"嗯，我是这么想的。但是在思考这个问题的时候，我有好几个地方想不明白，越想越乱，脑子里一团乱麻。"

在小翔身旁，蓬佐竖起耳朵乖乖地坐着，脸上的神情仿佛在说："问题听起来好难啊！不过，有什么我能帮上忙的，请尽管吩咐！"

"那么，首先让我们沿着时间轴，把事件中的事实抽离出来加以整理。"

二谷叔叔将小翔昨晚画的图放到桌上，在图旁边展开了稿纸。

· "太阳钻戒"与"月亮钻戒"的首饰盒被

放在桌面上。

· 电灯熄灭，陷入黑暗，很快又恢复照明。

· 两只首饰盒全都不见。

· 草叶捡到两枚钻石戒指。

· 草叶不见。

· 饭店办公室的门响起关闭的声音。

· 办公室窗户的窗帘在飘动。

· 草叶已经返回会场。

· 办公室挂的窗帘不见了。

· 窗户是镶死的，打不开。

· 草叶捡到的两枚戒指的钻石大小相同。警方公布其中一枚是"月亮钻戒"，另一枚并非"太阳钻戒"。

"这样看来，不见的东西是什么？"

"不是'太阳钻戒'吗？警方好像也是这么说的。"

"还有呢？"

"啊，装戒指的盒子！"

"对，就是这个。"二谷叔叔说着伸出食指

敲了敲小翔画的图，"正如你所觉察到的，盒子毫无疑问是利用了'艾宾浩斯错觉'。这盒子的作用就是为了让别人看了之后以为'太阳钻戒'的钻石比'月亮钻戒'的钻石更大。"

"实际上一样大？"

"啊。这是很经典的错觉，所以应该有不少人知道。恐怕是碰巧知道这一效果的人将它派上了不好的用场。为了高价卖出'太阳钻戒'，将它跟'月亮钻戒'并排展示，诱使买家对大小产生'错觉'，不惜出高价抢购，而卖家则通过将便宜货高价卖出，从中牟取暴利。"

"拍卖会的主办人可是夜母津饭店的经理哦。我记得是他没错，他还说过所有物品都是他亲自收集来的。"

"原来是这样。也许是经理被人骗了，花冤枉钱买了两枚戒指。又或者经理本就知道'错觉'的效果，于是利用它强行将'太阳钻戒'高价推销了出去。咳，真相究竟如何，还不清楚。不过问题不在这里，为什么只有盒子不见了，这才是问题所在。"

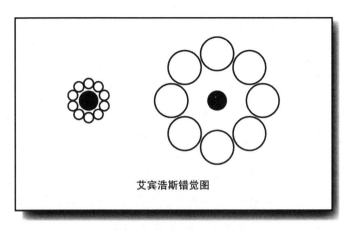

艾宾浩斯错觉图

中间的黑色实心圆，哪个更大？
［答案］两边大小相同。

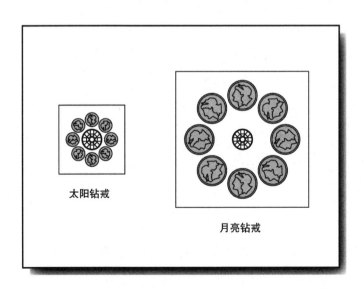

太阳钻戒

月亮钻戒

“怎么说？”

“假如想要偷‘太阳钻戒’，连盒子一起偷就行了。”

没错。在短短几分钟的黑暗中，与其特地把戒指从盒里取出来，不如连盒偷来得简单。

“但是，嫌疑人却留下两枚钻戒，光把盒子偷走，为什么呢？”

二谷叔叔伸出修长的手指慢慢描画着小翔画的图。沉思片刻后，他拿剪刀咔嚓咔嚓剪起了这张纸。剪下来的是两枚戒指的部分。

“如果只剩下戒指，就能看明白两枚钻戒的钻石其实大小相同。所以才特地把戒指从盒子里拿出来，扔到了地板上。”

“这么说来，‘太阳钻戒’并没有被偷走。目前在警方手里的戒指，就应该是桥川女士和桃姐姐买的‘太阳钻戒’跟‘月亮钻戒’，不带盒子的！”

“看来是这么个情况。”

“可是，又为什么这么做呢……难道是为了告诉大家，‘太阳钻戒’的钻石并不大吗？”

"嗯——应该是这样吧。"

"可如果是这样，当场直接拜托桃姐姐和桥川女士把戒指从盒子里拿出来比比看，不是更好吗？"

"也是……"

二谷叔叔沉吟片刻后，蓦地重重一点头，站起身来："啊，我知道了！飘动的窗帘……哎——那幅图放哪儿了？"说着从书架上拿来一个文件夹。

摊开的页面上，是一幅图案花哨的画：灰色的细格子中间镶嵌着或黑或白的小圆点。

看见画的那一瞬间，小翔立刻忍不住大声喊出了"啊"。

这幅图和他在饭店办公室看到的窗帘的图案极其相似！

"你试着盯住这幅图看。"

在二谷叔叔的催促下，小翔盯住摊在桌上的文件夹看起来……

画动了！

简直像在随波荡漾！

小翔又试着把手放在画上擦来戳去。结果发现就只是一张扁平的纸，没有任何机关和奥秘。

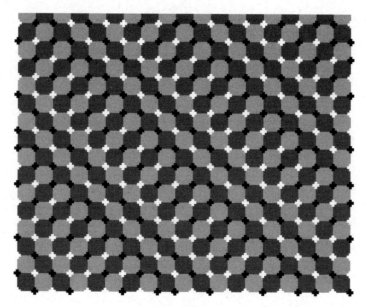

飘动的窗帘图案

可是，画真的在微微波动！

见小翔眼睛都睁圆了，二谷叔叔笑着注视着他说道：

"你看到的是这种图案的窗帘吗？"

"是的，就是这样的……对了！

所以那个时候，我才以为窗户是打开的。"

"嫌疑人是使用了印有这种图案的布。只要印在薄一些的面料上，再叠得小一点，应该就能藏在兜里带着。然后只要把它挂到窗前，窗帘看上去就会像在随风飘动，所以才导致你没有仔细检查房间就立刻跑到了外面。"

"嗯。"

"我猜想嫌疑人一定做了下面这些动作。

"首先，造成停电，从盒子里取出两枚戒指扔到地板上。

"其次，等会场恢复照明后，再找到戒指。

"由于钻石大小相同而导致会场大乱，原本待在办公室的工作人员也跑去会场。

"嫌疑人趁乱溜出会场，进入没有人的饭店办公室，把准备好的布挂到窗前。

"即便万一行动遭人怀疑，有人跟着进入办公室，嫌疑人也可以藏到桌子底下或者柜子背后，只需把身体隐藏起来即可。因为见到狭长的房间内最靠里的窗帘在飘动，追踪者就会以为嫌疑人已经跳窗逃跑，于是立刻跑去外面。

"然后，躲在为了尽量扫除障碍而精心布置过的办公室内，慢悠悠地找出相中的东西，最终拿到手。

"最后，取下那块布收进口袋，返回会场……"

"这么说，嫌疑人是为了潜入饭店办公室，才假装偷了戒指，引发混乱？"

"我是这样认为的。"

"好像没有报道说，饭店办公室有什么东西被偷。"

"咳，我不清楚那个人在办公室做了什么，偷走了什么……不过，嫌疑人巧妙地利用了'错觉'来掩人耳目，这一点是可以确定的。"

二谷叔叔说这话时的口吻，带着些许苦涩的味道。不过根据刚才的分析，前前后后就全部说得通了！

而嫌疑人就是……当然就是草叶！

啊！桃姐姐再也不用遭人怀疑了！

小翔站起来郑重其事地向二谷叔叔道谢：

"真的非常感谢！我现在就去警察局。"

"这样啊。那么带上这个。"

二谷叔叔从文件夹里取出"艾宾浩斯错觉图"与"波动错觉图"，递给了小翔。

走出研究室，来到泥地房间时，小翔的目光被这个操作间墙壁上挂的一张照片吸引住了。

背景是横滨港湾大桥，桥前面站着一个穿西装的男人和一个漂亮的女人，他们前面站着两个同小翔年纪相仿的男孩。男孩们穿着相同图案的毛衣，相互勾着对方的肩膀，脸上笑嘻嘻的。

"这个小男孩难道是二谷叔叔？"小翔指着照片问道。

"右边那个是我，左边那个是我弟弟。"

"弟弟……"

可照片上的两个人一模一样，连身高也相同。

"双胞胎？"

"对……这张照片是我们全家人拍的最后一张照片。当时我正好跟你差不多大。后来我爸妈很快就离婚了，我妈带着弟弟去了美国。大概过了一年之后吧，我们得到消息说我妈去世了。从那以后，我们跟我弟弟就断了联系。我爸直到三年前去世，一直都在寻找他的下落，可至今没找到。也不知道他现在过得怎么样……"

越说越伤感了！小翔不知道说些什么才好，闭着嘴不知所措，二谷叔叔却耸耸肩，笑了。

"咳，我这个弟弟我知道，我想，他肯定在哪个地方游手好闲地混日子呢。"

"……要是这样就好了。"

二谷叔叔之所以对我们这么好，说不定是因为他在我们身上看到了那个下落不明的弟弟的影子呢。

想到这，小翔顿时胸口一热。

绝对要再来看二谷叔叔。

啊，可是，为了说服妈妈，有一个问题必须问……

"二谷叔叔，你是做错觉研究的吗？"

"不是。我爸过去研究这个。我爸是一位学者，小时候，他教过我们两兄弟各种各样有关错觉的知识。"

"二谷叔叔，你是做什么工作的呢？"

"嗯——我也没做什么像样的工作，看情况，觉得什么有意思就研究什么。目前在调查研究云的动态。"

"云……那么，这是什么？"

小翔指着操作台上面说。那上面有一件难以形容的、不可思议的物体。高约50厘米，弯弯曲曲的铁棍上连着好多个白铁皮做的收纳袋、按钮、盒子和管子等，顶上还挂着一个像牛铃的东西。

"啊——"二谷叔叔挠着头皮说，"那个是做失败了的。阿洁……就是我们家的保姆，她老说她的老花镜丢了，钥匙丢了，又那个什么丢了，一天到晚发愁，所以我就做了这个。首先，把钥匙放在这台机器的收纳袋里放5秒钟。然后，带着钥匙到处走，假设又忘在哪里了。不过这回不要紧了，只要按下这个收纳袋上装的按钮，钥匙就会发光，告诉你它在哪里。"

"太厉害啦！"

"不过呢，在找回钥匙并且放回这个收纳袋里之前，这个铃，"二谷叔叔说着让牛铃发出了嘎啦嘎啦声，"就会像这样响个不停。"

哎呀呀，还真挺吵的。

"难道就没有办法让它停下来吗？"

"不行。因为这只铃发出的超声波至关重要。我也想过改良，可是被阿洁断然拒绝了，她说她才不要这么恶心的破烂玩意儿呢……这里的东西，净是这种派不上用场的。"

只见不可思议物体之二、之三……大约到之二十，全都随意地搁在桌上。

看小翔在摆弄牛铃，二谷叔叔高兴地拿起"不可思议物体之一"对他说：

"如果你喜欢，就送给你。"

怎么说呢，好玩是挺好玩的，可是派什么用场好呢？

"……那么，我就收下了。谢谢！"

二谷叔叔帮小翔把"不可思议物体之一"装进纸袋，蓬佐哼哼着想要挽留他，小翔于是去抚摸它的头，一直摸到它觉得尽兴了才离开二谷叔叔家。

小翔坐在夜母津警署接待室的沙发上，他面前是山本柚佳的父亲——山本警官。小翔在完整地介绍了二谷叔叔提出的假设之后，长长地舒出一口气，注视着山本警官。

"唔——"山本警官双手抱胸，沉吟起来。

"所以说，桃姐姐跟案件无关。这一点请您理解。"

"……案件正在调查中，这种事其实不应该跟局外人讲的，但不妨告诉你，警方并不认为庭野小姐是什么嫌疑人。"

"是真的吗？"

"放心吧。还有，坂上，你就别再掺和案件了，好吧？"

山本警官皱起眉头，拿责备的目光盯住小翔。

啊！他又没有认真听我说……

小翔的肩膀耷拉下来。这时，接待室的门开了，一位女警官进来了。

"山本警官，有您的快递。"

"哦？谢谢。"

山本警官收到的是一个相当厚的褐色信封。上面贴着打印的收件人信息，表明是寄给山本警官的，但却并没有标明寄件人。

"这是什么呀？"

山本警官伸出大手哧啦一声扯破了封口，里面露出一个活页夹。

"这是……"

山本警官焦急地翻开活页夹，目不转睛地看起来。

小翔探头瞄了一眼，看见上面密密麻麻写满了数字。

"这是什么？"

"……跟夜母津饭店拍卖会的销售额相关的账本。但是为什么？"

"啊！"

小翔指着放在桌上没动的"波动错觉图"，嘴巴一张一合的说不出话来。

不惜使出窗帘障眼法，都要从饭店办公室偷出来的东西，肯定就是这个账本！

"原来是这么回事啊！"山本警官重重地点点头，"嫌疑人当晚把这个账本从办公室偷出来了啊。而且，正像你之前所说，为了潜入办公室，又制造了钻戒盗窃事件！原来如此！"

山本警官默不作声地又翻看了一会儿账本后，向小翔点头致歉道：

"坂上，抱歉。看来你说的是对的。这个账本是秘密账本。"

"秘密账本？"

"是可以证明他们在拍卖会的销售额上面捣鬼的证据。看这个就知道了，主办人打着慈善的旗号，其实却几乎没有给任何地方捐赠什么东西。"

那么，在饭店看的视频——赠送圣诞节礼物及捐赠乐器等画面，都是骗人的？

"而且，'太阳钻戒'与'月亮钻戒'的买入价格完全相等。也就是说，两枚戒指上面的钻石本来就是一样大的……总之，必须得找夜母津饭店的经理来问问情况啦！"

"……这么说，偷了这个账本送到这里来的人是？"

"肯定是从哪里得知饭店经理私吞了捐款吧。真正的目的不清楚，没准是希望让事情公开，进一步让有些人得到公正的裁决吧。"

"可是，有什么必要把事情搞得这么麻烦，直接通报警方不就好了吗？"

"压根儿就是哗众取宠嘛！"山本警官呼地吐出一口气，"啊，这也算盗窃。只要有人来报案，说账本被偷，肯定是要立案的。也包括调查饭店办公室另外还有没有东西被盗。不过，小翔，你并没有亲眼目睹那个自由撰稿人进入饭店办公室，对吧？"

"没有。"

山本警官伸出食指在装过活页夹的信封上弹了一下。

"如果这个信封上沾有那家伙的指纹，就另当别论了……目前也没什么特别的东西能做证据，再说账本又是以这种方式回来的，如果办公室除此以外没有东西丢失，勘查工作就只好止步于早期。"

那个草叶肯定要被调查，但是没有任何证据能指证他！

而且，只要他手上没有偷来的东西，就连嫌疑人也算不上……

"总之，除宝石盗窃案外，有关这本秘密账本的调查也得同时进行——要忙起来啦！好了，坂上，真的谢谢你。剩下的就交给我们吧！"

山本警官抓起风衣，匆匆忙忙出去了。

"这是什么？"

厨房里，妈妈直眨巴眼睛。

她目不转睛地盯着看的，正是二谷叔叔送的"不可思议物体之一"。

面对摆在桌上的一堆铁块和白铁皮，妈妈从上面看，从旁边看，一会儿挨得很近，一会儿离得远远的……总之，她皱着眉头不厌其烦地看了又看。

"还是觉得碍事，对吗？"小翔问妈妈。

"……嗯——"

"那我拿到自己房间去。"

说着，小翔就要端起"物体"，妈妈却轻轻抓住了他的手。

"这个哪里来的？"

"……别人送的。"

"我能摸摸吗？"

"摸吧。"

妈妈小心翼翼地伸出手，把"物体"稍稍倾斜了一点角度重新摆好。

"简直太棒啦！"

妈妈两眼放光，甚至呱唧呱唧直拍手。

"……？"

"我帮着设计内部装潢的那家书吧，正在找中央桌子上的摆设，一直没找到合适的，正发愁呢……就是它了！完全符合想象。太棒啦！"

"摆设？"

"就是内部装潢的重要要素之一啦……有了它，空间一下子就能提升品味，而且显得紧凑了。到底什么样的艺术家才能做出这样的宝贝啊！"

这个人，我可不认为他是什么艺术家，而且妈妈昨天还说人家可疑。

"喂，是哪里的哪个人送的？那个人肯定不懂得这东西的价值，才随随便便就送给你了。如果我要用作店铺的装饰，怎么着都得先跟人家打个招呼才是。"

"是夜母津神社隔壁的二谷叔叔送给我的。"

"二谷？啊——昨天教了你们很多东西的那个人？"

"对。而且，做这个东西的也是二谷叔叔。"

"哎呀呀！原来他是艺术家？"

"我想不是。这个不是艺术品，是发明。"

"发明就是艺术呀！总之，有了这件了不起的艺术作品，这回的工作肯定能够大获成功！明天一大早，我就去二谷先生家表示感谢。"

妈妈说话时都带上了曲调，还围着桌子跳起舞来。

在保姆阿洁看来是"恶心的破烂玩意儿"，妈妈一看，却成了"了不起的艺术品"。由此可见，即便是同一件东西，看的人不同，它的价值也有

可能发生 180 度的大转变。莫非这也是"错觉"之一?

不过这样一来,我就可以毫无顾虑地出入二谷叔叔家了!

看着妈妈又蹦又跳,小翔也不禁心花怒放。

9 错觉侦探团成立！

坂上翔一直有一种错觉。

我是个没用的孩子？我是个麻烦？

可这些都只是他的错觉。

其实，无论什么样的孩子，都是好孩子，都拥有了不起的力量。

平坂町小学四年级一班一小队的四名成员，此刻正待在二谷叔叔家。

小翔他们才来，二谷叔叔就说他要查资料，

就出门去了图书馆。

"我要出门了，你们随便。啊，对了，三点左右能帮我带蓬佐去散步吗？"

"嗯！没问题！"

如果是一般的大人，估计要警告说这里那里别乱碰啦，别把地方弄得乱七八糟啦什么的，但是类似的话，二谷叔叔半个字也没说。

我们早已经不是小屁孩了，不用说也知道哪些机器或者工具可能有危险。至于药柜里的药瓶之类不清楚危不危险的东西，我们绝对不会伸手去碰。在这一点上，二谷叔叔肯定是理解我们的！

二谷叔叔出门以后，小翔对小伙伴们这样一说，柚佳和叶月却都重重地摇了摇头。

"不是这样的。我认为他本来就是一个完全不在乎细节的人。"柚佳说。

"嗯。看他那乱糟糟的头发，有点那个吧。还有白大褂，永远脏兮兮的。不过其实他本身还挺帅的，只要在个人仪表方面稍微再多用点心，就能变得魅力四射啦。"叶月说。

"啊？他帅吗？"文太和小翔异口同声地表

示质疑。

"当然帅啦！"柚佳说，"五官非常立体，声音又那么好听。"

"喂，你不觉得他跟川村修司有点像吗？"

"啊！没错！"

两个女生自顾自地热烈讨论起来。

这样一来，自己就被她们排除在外了……

小翔不敢苟同，摸了一下蓬佐的脑袋。蓬佐仰望着小翔的脸，从鼻子里连连发出哼哧哼哧的声音。

"哼嗯——虽然我不清楚他帅不帅，但是我知道，主人是世上最温柔的好人！"

自己好像渐渐能听懂蓬佐想要表达的意思了！

小翔又高兴起来，使劲地抚摸着蓬佐背上的"蓬佐错觉"斑纹。

小翔他们四个在研究室的沙发上坐定，开始从报纸和周刊杂志上剪切报道，动手做成剪报册。

当然，他们剪下的都是夜母津饭店事件的相关报道。

从那以后，警方对夜母津饭店的经理进行了详细调查，大约一周后，以怀疑他利用职务之便非法侵吞财物（即盗取饭店的营业款）为由，将他逮捕。

经理横户良介第一次举办慈善拍卖会是在七年前。没想到，他竟然从第一场慈善拍卖会开始，就侵吞了几乎所有的拍卖所得，而针对学校和儿童机构所做的捐赠活动，迄今为止也就只举行过屈指可数的几次。

在拍卖会上销售的每件物品，也全部是经理采购的，他通过把低价买进的冒牌货抬高价格卖出，从中大赚一把。那本秘密账本清清楚楚地说明了这一点。

"月亮钻戒"与"太阳钻戒"上面的钻石也是同样的情况。就钻石戒指而言，它们并不是多么昂贵的商品，鉴定结果表明，按照目前的行情，一颗大约值三十万日元。

在讯问过程中，经理解释说："为了让'太阳钻戒'看起来比较大，能卖出高价，我特别定制了两只首饰盒。"据说警方还会进一步针对其他的交易记录展开调查。

夜母津饭店的老板解雇了经理横户，并且举行记者招待会，表示饭店方面也负有监督不到位的责任，今后将重新向儿童机构和学校捐款。

除此以外，《被骗一千万　桥川安惠震怒！》《小桃满血归来》《庭野桃获厂商青睐，或将接演钻石广告片！》等报道也纷纷见报。

真是太好了……

小翔剪下刊登有庭野桃笑脸照的报道，仔仔细细地粘贴好。

另外，今天的报纸角落里还有一篇小小的报道，说："从账本上并未检出除经理以外的其他人的指纹，故目前仍无法锁定有可能将账本寄给警方的人。"

"没跑了——"柚佳拿剪刀的尖头戳着剪报说，"绝对就是那个自由撰稿人！"

"警察调查过草叶先生，不是吗？"叶月望着柚佳的脸求证。

"我问过我爸，他什么都不肯告诉我——"

"网上有消息说，有过一个被称为'有关人员'

的人，但是没有任何证据，只好放回去了。"说着，文太把手伸向了最后一块曲奇。

摆在桌上的这罐曲奇是来自小翔妈妈的慰劳品。

妈妈已经彻头彻尾地成了二谷叔叔的粉丝，那件"不可思议物体之一"也得到书吧店长的青睐，当场决定采用。而且还听说，事后将支付给二谷叔叔相当数额的一笔钱作为购物款。

可惜妈妈怕狗，她说，有蓬佐在，这所宅子她不会来第二回。

"网络信息虽然不可信，不过确实没什么证据啊。啊，对了，事发当天，坂上你如果能目击到潜入办公室的那个人，哪怕是背影……"柚佳瞪着小翔说。

"可是，假设就是草叶先生，"叶月伸出纤细的手指抵在下巴上说，"他为什么要这么做呢？"

"嗯——"

让大家感到最费解也就是这个问题。

贴好剪报，也收拾干净后，蓬佐摇着尾巴"汪"了一声。

"啊，散步时间到。"

"大家一起去！"

外面的天气好极了。

檐廊上，权田爷爷跟老高爷爷正各自双手抱胸，瞪着棋盘在思考。

四个人轻手轻脚地从他们旁边走过去，钻出了大门。

一出家门，蓬佐猛地飞速奔跑起来。

小翔立刻牢牢握住牵引绳，不服输地跟着全速飞奔。

"等等我！"

"跑太快啦！"

"别丢下我！"

尽管身后传来另外三个人的喊声，但小翔实在顾不上他们了。他跟着蓬佐一起在街上奔跑，牵引绳被拉得绷直了。蓬佐的爪子在柏油路上发出唰唰的摩擦声，它简直像在飞。

"啊！"

牵引绳从小翔手里滑脱了。

还以为它会就这样跑得无影无踪，哪知道它在街角突然停下，猛地转过头来。

蓬佐伸出舌头呼哧呼哧直喘气，望向小翔的眼睛仿佛在说："啊，对不起哦。我等你，你快来！"

小翔追上它，重新拿稳牵引绳，并摸了摸蓬佐的脑袋。

"哎呀——你再这样又要跑丢啦！"

"哎哟——累死我了！"柚佳气喘吁吁地过来了，文太和叶月还不见人影。

"听好了，蓬佐，"柚佳对蓬佐说，"这不是什么赛跑，是散步哦。我们还是走慢点。"

"汪！"

"真乖。"

文太和叶月也追上来了。

可是一转头，蓬佐又开跑了。

牵引绳嗖地一下再次从小翔手里滑脱！

"蓬佐——"

蓬佐在十字路口向右拐……

小翔他们慌忙追上去。

拐过街角，他们看到了蓬佐！

只见蓬佐摇着尾巴在一个戴墨镜的男人脚边人立起来，作势扑向他。

这个男人是……

就是那个草叶!

"草叶先生?"叶月的嗓音有些发涩。

"呀,叶月!"

"您怎么在这里?"

"这个嘛,有个采访……喔唷,这小狗也太自来熟啦!"

蓬佐不知不觉间跑进了草叶怀里,这时候正一个劲儿地舔着草叶的脸呢!

"听说它很怕生的。"小翔说。

"是吗?啊,对了,你姓山本?"草叶抱着蓬佐,看着柚佳问。

"嗯?没错。"

"上回在警署见到你爸爸了。"

四人面面相觑。他果然被找去协助调查了!

"当时听说了好多好玩的事儿。听说那起事件中偷了账本的家伙,利用'错觉'把人骗得团团转呢!而那个解开'错觉'之谜的就是你坂上吧?"

"……咳,算是吧。"

"虽然山本警官说的是根据在场人员提供的

情报，但是我知道，那天你跟踪过我，所以我猜就是你。"

"偷账本的可不就是你吗？"柚佳毫不客气地正面追问道。

"哈哈，干那种事的怎么就非得是我呢？"

"就是想不通才问你嘛！"

"可我什么都不知道啊！咳，偷账本的那家伙的心思，我倒也不是不能理解。你们设身处地替期待捐款的孩子们想想啊。知道了这种坏事之后，谁不想教训教训那个经理呢？"

"你是说，偷账本的是好人？"

"怎么说呢——不过我也不喜欢那个经理……狡猾地利用'错觉'掩人耳目，借机骗别人钱，够卑鄙的，不是吗？"

他说得毫不客气。这语气和声音，之前好像在哪里听过……

啊，对了。上回二谷叔叔就说过类似的话来着。还有，没错！总觉得他俩的声音也非常像……

"啊——小狗还给你。"草叶说着把蓬佐递给小翔。蓬佐大概还没舔够，鼻子朝着草叶哼哼个不停。

"后来我也查了查。那起事件当中最终不见了的东西，你们认为是什么？"

"……戒指和账本也都还回来了。"

"好像没有了吧。"

小伙伴们各自说完，又都加上点头表示强调。

"嗯哼，的确如此。"

草叶显得挺高兴，笑嘻嘻的。

啊，不过还是有一样东西不见了……

"说起来，装戒指的盒子至今下落不明……"小翔直视着草叶回答说。

柚佳却耸耸肩，接话道："空盒子没有任何价值，不是吗？"

"也对。就让事情到此为止，不也挺好吗？你们也算立功了。对了，送你们四个一个响亮的名号……嗯，'错觉侦探团'挺合适！"

"错觉侦探团……"

小翔他们在嘴里又重复了一遍这个新鲜词汇。

感觉好酷炫！

"好极了，'错觉侦探团'！"文太乐得当

场蹦跶起来。

"可是，"小翔强压下想要跟他一起跳的冲动，拉住了文太，"事情都已经解决了，已经不需要侦查了，不是吗？"

"以后再有什么事发生，到时候再开展活动不就好了？"柚佳说着戳了戳小翔的胳膊肘。

"那么，'错觉侦探团'成立啦！"

见叶月冲大家比"V"字，草叶笑着对她说："大家好好加油……顺便说一下，我从明天起要出国去了。"

"出国？"

"去采访。什么时候回来还没定。"

"去哪个国家？我也想告诉妈妈知道。"叶月有些担心地问。

"东欧那边。完事以后打算再到周边转转。"

"这样啊……您多保重。"

"谢谢！小叶月真善良啊！拜！"草叶潇洒地一转身，迈出两三步后像是想起了什么，再次转向小翔他们说道，"那个经理吧，曾经从某个国家的收藏家那里收购了人家手里的所有古钱币。"

他究竟想说什么？

"收藏家去世之后，由于亲属不懂得藏品的价值，经理就悉数低价买下了，几乎等于白拿。里面好像也有古希腊和古罗马时代非常古老的钱币，都是很难弄到手的稀世珍品。不过里面也混杂着16枚明显的赝品。虽然有字的一面刻着罗马皇帝的脸，可背面居然有日本江户时代用过的货币的印记。那些伪造的毫无价值。

"恐怕是做假币买卖的家伙找了蠢到家的工匠干活，结果造出那样的东西。经理好像把其他收藏品全都高价卖出去了，狠狠赚了一笔。至于这16枚假币，他可能觉得实在没法拿出来卖，也是实在没办法了，于是在为那个'月亮钻戒'和'太阳钻戒'定制盒子的时候，用了这些毫无价值的假币当装饰材料。

"虽然对于经理来说，这些钱币形同废物，但偷账本的家伙最想弄到手的，保不齐既不是盒子也不是宝石，反而就是那些做坏了的伪造钱币……咳，跟你们也没啥关系，不是吗？"

草叶微微耸耸肩，把攥紧的右手朝向他们，

接着伸出食指弹了一下某个发出银光的东西，然后快步离开，这回再也没有回头。

怎么回事？

16 枚古钱币？

事件当中不见了的是……

盒子！

四人齐声喊出来后，不禁面面相觑。

"那些被用来装饰首饰盒的钱币！"文太叫道。

"钱币一只盒子各 8 枚，一只里面的大，另一只的小，加起来 16 枚！"叶月说。

"就是说……那家伙真正的目标是那些钱币！"柚佳说。

草叶刚才拿手指弹了一下的东西肯定就是那些假币！

于是小翔他们在周围的地面搜索了一番，但地上压根儿没掉落任何东西……

"怎么办？追上他？"

听小翔这么问，小伙伴们霎时间耷拉下了肩膀，直摇头。

"草叶先生可不是什么坏人呀。"叶月说。

"他也就是收集了做坏掉的假币罢了，肯定的。"文太说。

"我认为，那家伙与其说是犯了罪，不如说是做了一件好事。"说完，柚佳像要说服自己似的点了点头。

"也对……那么，我们继续带蓬佐散步吧！"

小翔一催促，蓬佐顿时大叫一声"汪"："就是，散步、散步！"

小伙伴们带着蓬佐又兜了一圈以后，叶月、文太和柚佳先回家去了，剩下小翔独自一人留在二谷叔叔家，他就站在那张照片前面。

在港湾大桥前面拍的、二谷叔叔家的最后一张全家福。

小翔伸出大拇指遮挡住二谷叔叔小时候的那张脸，随后放开，去遮挡另一个孩子的脸。

如果两个人并排站在一起，可以看出是双胞胎，但如果分别见到，也许认不出是同一张脸……

草叶的身世……难道他其实是……

仔细想想，蓬佐平时应该挺认生的，但它却不知为什么莫名地爱跟草叶亲近。

头一回见到蓬佐那天，权田爷爷曾经说"一个戴墨镜的长头发男人在这儿转来转去"，那个莫非就是草叶？他那天是在暗中观察二谷叔叔的家？

"我问你，蓬佐，"小翔蹲下身，注视着蓬佐的眼睛说，"你知道那家伙其实是谁，对吗？所以那天他从这附近经过的时候，你就从家里跑出来追他，结果迷了路，对吗？"

面对小翔的问话，蓬佐只是歪着脑袋长哼了一声。

肯定是这样……不过，假如没有确凿的证据证明绝对是这样，就不能告诉二谷叔叔。因为一旦证明弄错了，他该有多么失望……

就在这时，研究室的玄关门开了。

"我回来啦！"

"汪（欢迎回家）！"

是二谷叔叔。蓬佐抬起头跑向他，接着四仰八叉地在地上打滚，一个劲儿地撒娇。

"咦，其他人呢？"

"全都回家了。"

"哦。剪报册做好了吗？"

"嗯。还有一件事想拜托二谷叔叔。"

"哦？"

"想请您在这个封面上写上标题……对了，就写'错觉侦探团'。"

"嗬——'错觉侦探团'。好名字！"

二谷叔叔对着小翔笑笑，认认真真地在剪报册的封面上写下棱角分明的字。

"团员是我们四个人，想请二谷叔叔给我们当顾问。"

"当然行。感觉挺有意思。"

蓬佐跟着长哼了一声，仿佛在问对它的安排。

"对不起、对不起。"小翔说着拍了拍蓬佐的脑袋，"蓬佐就当我们的搭档吧！"

蓬佐听了，竖起耳朵坐定，使劲摇了一下尾巴。

小翔抱着剪报册走在黄昏的街道上。

这条回家的路，他从小烂熟于胸。

但是当他驻足站定，单手做成眼镜状往四下

里张望，他发现，迄今为止经过时不曾留意的街道，一旦改变观看的方法，也会呈现完全不同的面貌。

电灯柱、电线、窨井盖、建筑外墙、围墙、窗户、庭树、花朵、柏油马路……

这样看来，小镇其实是如此丰富多彩！

他撤去手做的眼镜，抬头仰望天空。

晚霞满天，一只乌鸦嘎嘎叫着掠过苍穹。

高高飞翔的乌鸦，看起来非常小！

小镇、世界，都充满令人惊奇、惊喜的景象。

完全感觉不到无聊。

映入眼帘的每一样事物，全都宛如初次看见一般！

以为很大，其实挺小。

以为弯曲，其实笔直。

以为比较短，其实一样长。

以为是上坡，其实是下坡。

以为在动，其实静止——

"错觉"，真的不可思议，而且有趣至极！

即使没有类似这回的事件发生，针对每天的

生活中感到疑惑的"错觉"——进行调查，肯定也特别好玩。

好了！"错觉侦探团"开始行动！

小翔感到异常兴奋，重新抱好剪报册，撒开腿朝家的方向飞奔而去。

不可思议的眼睛的"错觉"——"视错觉"

藤江纯

在这个故事里，不可思议的眼睛的错觉被用作了诡计。

不知什么缘故，某样东西看起来同真实大小不一样，明明没有摇晃却看起来在动……像这样，眼睛所见的与实际情况并不相同的情形，我们管它叫眼睛的错觉——"视错觉"。

对于进入视野的信息，我们首先把它传递给大脑，然后对其大小、形状、颜色等形成认知，知道例如"啊，这是红红的、圆圆的苹果"，或者"这是笔直的、长长的竹尺"之类，希望在一瞬间内捕捉到那是怎样的物体。

这时候，本书中也介绍过的诸如"月亮错觉""艾宾浩斯错觉""蓬佐错觉"等"视错觉"的效果，一旦具备某种特殊条件便会形成，从而导致人们"感觉"到物体不同于真实的形态。

"错觉"这个词，也用作"误解""看错"

等意思。例如，"以为今天休息，没想到学校要上课"，"以为是汤圆，没想到是乒乓球"……不过，这些场合只要了解了真实情况，大体上就不会再有可能弄错。

但是，"视错觉"造成的图形或现象，即使在得知真实情况以后，大脑仍旧会"看"错。

除了本书中小翔他们体验过的"错觉"以外，还有许许多多不可思议又有趣的"错觉"现象。介绍这样的"错觉"及"视错觉"的书也出版了许许多多，请务必尝试捧书在手，享受一场不可思议的错觉体验。

在本书的执笔过程中，立命馆大学北冈明佳教授的网页、日本女子大学竹内龙人教授有关视错觉的文章（出自针对视错觉做出深入浅出的解释的网页《错觉专栏》），还有后面附录的参考文献，都让我学习到了很多知识，也对我起到了很好的参考作用，谨此表示由衷的谢忱。

参考文献

《视错觉大解析　令大脑受骗的科学心理学的世界》
〔日〕北冈明佳　著（Kanzen 出版）

《错觉的科学》
〔日〕菊池聪　著（放送大学教育振兴会发行）

《骗人画·视错觉大辞典（幻视艺术图鉴）》
〔日〕椎名健　主编（茜书房出版）

《骗人画　心理迷宫游戏书：欢迎来到超不可思议实验室！（河
出梦文库）》
〔日〕竹内龙人　著（河出书房新社出版）

《错觉大研究　从幻视艺术到戏法》
〔日〕北冈明佳　主编（PHP 研究所出版）

《视错觉大探秘》
〔日〕新井仁之　主编／著　儿童俱乐部编（密涅瓦书房出版）

参考网页

北冈明佳视错觉网页
http://www.ritsumei.ac.jp/~akitaoka/

错觉专栏
http://www.kecl.ntt.co.jp/illusionForum/index.html

国立天文台主页·月亮与太阳为何显得很大？
http://www.nao.ac.jp/faq/a0202.html

本书第 118 页刊登的"飘动的窗帘图案"引用自《四色视错觉
的波动呈现》（立命馆大学北冈明佳教授著）。